KB043723

그냥 흘러 넘쳐도 좋아요

그냥 흘러넘쳐도 좋아요

혼자여서 즐거운 밤의 밑줄 사용법

●

백영옥 에세이

arte

〜

이 밑줄이
당신에게 스민다면

한때 저는 서점 직원이었습니다.

온라인 서점 직원으로 일하면서 알게 된 두 가지 사실이 있어요. 가을이 독서의 계절인 건 가을에 책이 제일 안 팔리기 때문이라는 것, 서점 직원에게 가장 부족한 건 정작 책 읽을 시간이라는 점 말이죠.

오랫동안 소설가가 꿈이었습니다. 하지만 소설을 쓰는 대신 소설 리뷰를 쓴 시간이 더 길었어요. 소설가가 되는 대신 소설가를 인터뷰했습니다. 대신 인생. 나쁘지 않았어요. 좋지도 않았지만.

좋지도 나쁘지도 않은 채 계속 이렇게 살게 될까. 늦은 퇴근길, 멍한 얼굴로 정류장에 서 있다가 놓쳐버린 버스가 막차라는 사실을 깨닫던 순간이 떠오릅니다. 지하철 막차를 타자니 하이힐을 신고 500미터를 질주할 자신이 없고, 택시를 타자니 할증부터 걱정되는 궁색한 청춘이었죠.

만약에 말이에요. 전지적 시점으로 인생을 기술할 수 있다면, 그때의 제게 들려주고 싶은 말이 있습니다. 지금으로부터 7년 후, 네가 저주를 퍼붓고 있는 저 417번 버스에 네 얼굴이 (장편소설 출간을 알리는 광고판으로) 대문짝만하게 붙게 될 것이다. 지금의 제가 그때의 제게 이 얘길 했다면 어떻게 반응했을까요?

힘들어 죽겠는데, 쉬고 싶은데, 자꾸 힘내라고 말하는 사람이 미웠습니다. 도와주지도 않을 거면서 충고만 하는 사람도 원망스러웠어요. 그때의 저에게는 충고를 받아들일 여유가 없었습니다. 막막하고 답답한 시간이었어요.

그때 제 손을 잡아준 건 책이었습니다. 좋아했던 사람이 제 곁을 떠났고, 가장 친한 친구를 잃었지만, 책만은 외로운 저의 곁에 끝까지 남아줬어요. 지친 날, 침대로 기어 들어가 스탠드를 켜면 머리맡의 책이 제게 속삭였습니다.

'자. 이제 혼자 책 읽을 시간이야.'

사표를 내기로 결심한 오후만 있던 어느 일요일, 헤어졌던 그와 다시 한번 헤어진 그 저녁에도 책은 제 옆에 있었어요. 울다 지쳐 그림자마저 말라버릴 것 같은 밤, 위로해줄 무언가를 찾아 헤매던 제가 찾아낸 건, 문학의 외할머니처럼 느껴지는 쉼보르스카의 시였습니다.

두 번은 없다. 지금도 그렇고
앞으로도 그럴 것이다. 그러므로 우리는
아무런 연습 없이 태어나서
아무런 훈련 없이 죽는다. (…)

반복되는 하루는 단 한 번도 없다
두 번의 똑같은 밤도 없고,
두 번의 같은 입맞춤도 없고,
두 번의 동일한 눈빛도 없다. (…)

야속한 시간, 무엇 때문에 너는
쓸데없는 두려움을 자아내는가?
너는 존재한다─그러므로 사라질 것이다
너는 사라진다─그러므로 아름답다.

___비스와바 쉼보르스카, 「두 번은 없다」 중에서

두 번의 똑같은 밤도, 두 번의 동일한 눈빛도 없다. 밑줄을 긋는 손이 떨렸습니다. 책 속의 글자 하나하나가 보드라운 손가락처럼 울먹이는 저의 등을 토닥이는 것 같았어요.

서점 직원 시절부터 늘 책방을 열고 싶었습니다. 그 서점이 약국 같은 곳이면 좋겠다고 생각했어요. 책 속의 문장을 약 대신 처방해주는 동네 약방처럼요. 가족이나 연인을 잃은 슬픔 때문에 힘들어하는 사람들에게는 『혼자 책 읽는 시간』이나 『너의 그림자를 읽다』처럼 같은 상처의 시간을 겪은 사람들의 경험을 처방하고, 파블로 네루다나 함민복의 시는 잠이 오지 않을 때 마시는 따뜻한 차처럼 처방하는 거죠.

저는 연애 불능자예요, 저는 선택 장애가 있어요, 저는 거절을 못하는 병이 있습니다, 라고 아픔을 토로하는 사람들에게 해열제나 감기약 같은 책을 골라 처방해주고 싶었습니다.

어떤 사람은 변하지 않은 자신의 성격 때문에 고민인데, 어떤 사람은 변해버린 사랑 때문에 괴롭고요. 왕따였던 사춘기 시절의 기억 때문에 발목이 잡힌 사람도 있고, 어렵게 입사했는데 퇴사가 꿈이 된 자신에게 실망한 사람도 있어요. 하지만 그 모든 사람들이 알고 싶어 했던 건 결국 한 가지였습니다.

나를 사랑하고, 삶을 사랑하는 방법이었어요.

제 손에는 책을 다루거나 읽다가 난 상처가 많습니다. 요리사였다면 저는 칼에 손을 가장 많이 베이는 사람이었겠죠. 전설적인 야구 선수 베이브 루스는 홈런왕이었지만 동시에 삼진왕이기도 했어요. 저는 이것이 삶의 아이러니에 대한 아름다운 은유처럼 느껴져요. 무언가를 사랑하며 산다는 건 그것이 주는 행복뿐 아니라 고통도 함께 원해야 하는 것이죠.

　　제가 그어온 책 속 밑줄 중 단 하나라도
　　당신의 상처에 가닿아 연고처럼 스민다면
　　그것으로 저는 정말 기쁠 거예요.

2018년 10월
백영옥

차
례

• 내 영혼아, 조용히 앉아 있자

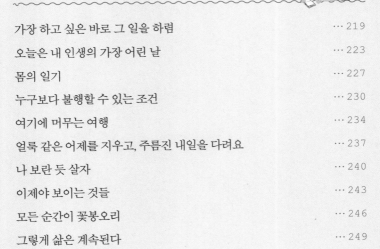

• 오늘이 내 인생의 가장 어린 날입니다

나는 사랑에 대해 아무것도 모른다는 것을 안다

말하고 싶지만
말하고 싶지 않은 날

～～～～～～～～～

유리로 만든 컵에 따뜻한 레몬티 한 잔을 마시고 왔습니다. 심야 라디오 디제이를 시작하는 첫날. 세상 모든 것들의 처음에는 두려움과 설렘이 교차하니까요.

시인이 하는 일이 무엇일까 생각했어요. 시인은 세상의 흩어진 단어를 고르고 골라, 가장 적확한 말들을 우리에게 쥐어줍니다. 그렇게 우리가 쉽게 구별하지 못하고 무심히 흘려버리는 말을 고르죠. 중요함과 소중함의 차이, 여유와 자유의 다른 점, 의문과 질문의 구별에 대해서 말이에요.

어느 날 유리창에 달라붙은 매미를 본 일이 있다. 나무에 달라붙어 있을 때는 등짝만을 보아왔는데, 유리에 달라붙으니 전혀 볼 수 없었던 매미의 배를 보았다. 징그럽기도

하고 아름답기도 했다. 그것을 바라보면서 사람에게 마음이 없었더라면 유리 같은 것을 만들어내지 않았을 것이란 생각이 들었다. (…)

차단되고 싶으면서도 완전하게는 차단되기 싫은 마음. 그것이 유리를 존재하게 한 것이다. 그러고 싶으면서도 그러기 싫은 마음의 미묘함을 유리처럼 간단하게 전달하고 있는 물체는 없는 것 같다.

___김소연, 『마음사전』

시인이 말해요. 베두인에게는 '낙타'를 지칭하는 낱말이 천 가지도 넘는다고요. 북극의 그린란드에 사는 이누이트에게는 '눈'의 종류를 구별하는 낱말이 수십 가지나 됩니다. 스콜이 매일 퍼붓는 적도 근처의 어느 뜨겁기만 한 나라에서는 '소나기'를 뜻하는 낱말들이 셀 수 없이 많다고 해요.

우리에게는 마음을 뜻하는 말이 몇 개나 될까요? 마음속 풍경을 비출 수 있는 유리 같은 말을, 당신은 몇 개나 가지고 있나요? 시인은 사람에게 마음이 없었다면 유리 같은 건 만들지 않았을 거라고 말해요.

보여주면서 동시에 가리는 것. 그것이 유리의 성질입니다. 특유의 성질 때문에 유리로 된 용기는 일상생활에서도 많이 사용되죠. 약병, 화장품 용기, 물병과 술병들…… 어쩌면 유리는 삶의 아이러니를 재밌는 방식으로 보여주는 것 같아요.

가고 싶지만 가고 싶지 않은 마음, 말하고 싶지만 말하고 싶지 않은 마음, 가까이하고 싶지만 가까이하고 싶지 않은 마음.

어떤 날은 괜찮고, 어떤 날은 힘이 들어 집으로 가는 길에 눈물이 나기도 해요. 외롭고 우울한 마음에 병명을 붙일 수 있다면 위로받기 쉽겠지만요. 우리의 고민은 너무 뜨겁지도 차갑지도 않은 채로 우리를 흔듭니다.

밤이 되면 가게의 문이 모두 닫히고 커튼과 창문도 닫힙니다. 하지만 마음만은 활짝 열리죠. 너무 차갑지도, 너무 뜨겁지도 않은 온기로 당신에게 다가가고 싶습니다. 그걸 포근함의 온도라 불러봅니다.

추운 겨울, 당신의 손끝에 스치던 따스함을 기억한다면 몇 번이고 말할 수 있겠네요.

이곳이 유리 같은 곳이면 좋겠어요.

그래서 당신이 평생 보지 못한, 당신의 뒷모습을 비춰볼 날도 있으면 좋겠어요.

투명한 문, 반짝이는 거울, 환한 창문 같은 곳이면 좋겠습니다.
열고, 보고, 닫을 수 있게요.

사랑이
저지른 짓

~~~~~~~~~~~~~~

"사람은 사랑의 숙주다."

소설 『사랑의 생애』에서 이 문장을 읽는데, 언 발을 따뜻한 물에 담근 듯 안도했습니다. 사람의 몸이 사랑의 숙주라면, 현명했던 한 사람이 사랑에 빠져 저지르는 터무니없는 행동들을 이해할 수 있으니까요. 그렇게 생각하자 사랑이란 이름으로 제가 저질렀던 바보 같은 일에 면죄부를 받는 기분이었어요.

"자니?" 헤어진 연인에게 이런 문자를 보낸 적이 있나요?

헤어질 때 그 사람이 나를 뒤돌아보지 않았다는 이유로 혼자 외로웠던 적은요?

손짓 하나, 말 한 마디 하지 않고도 그토록 나를 상처 입힐 수 있는 존재를 사랑하는 나 자신이 미워서 잠 못 들었던 적이 있나요?

나는 사랑에 대해 아무것도 모른다는 것을 안다

이 소설에 의하면 그 모든 일은 인간 숙주가 필요했던 사랑이 저지른 짓(!)입니다.

질투에 눈 멀어 그에게 저주를 쏟아냈던 일, 만나주지 않는 그를 찾아가 작업실 창문에 돌멩이를 던지려 한 일, 헤어진 그에게 전화를 걸었다 바로 끊은 일, 그가 지금의 연인과 헤어지고 불행해지길 바라던 그 모두가요.

> 사랑할 만한 자격을 갖춰서가 아니라 사랑이 당신 속으로 들어올 때 당신은 불가피하게 사랑하는 사람이 된다. 자격을 갖추고 있어서 사랑이 당신 속으로 들어오는 것이 아니라 사랑이 당신 속으로 들어와서 당신에게 자격을 부여하는 것이다. 사랑이 들어오기 전에는 누구나 사랑할 자격을 가지고 있지 않다. 사랑했거나 사랑하고 있는 어떤 사람도 사랑할 만한 자격을 가지고 있어서 사랑했거나 사랑하고 있는 것이 아니다. 은총이나 구원이 그런 것처럼 사랑은 자격의 문제와 아주 멀리 떨어져 있다.
>
> ___이승우, 『사랑의 생애』

『사랑의 생애』가 3년 전, 자신에게 사랑을 고백한 대학 후배 선희에게 다시 사랑을 느낀 남자의 이야기라는 점이 제게는 의미심장

하게 다가왔습니다. 선희 앞에서 자신은 사랑할 자격이 없다고 강조했던 3년 전의 그 남자 형배에게 대체 무슨 일이 벌어진 걸까요.

선희에게는 이미 사랑하는 남자 영석이 있었습니다. 누군가를 한 번도 사랑해본 적 없는 영석에게 선희는 선물 같은 존재였어요. 영석은 자신보다 한참 어린 선희에게 무섭도록 열중했죠. 그렇게 내가 사랑했던 그와 나를 사랑하는 그 사이의 나. 아담과 이브 사이에 낀 뱀처럼 삼각관계가 만들어집니다. 너와 나의 사랑의 시차는 왜 자꾸 벌어지기만 할까요.

작가가 말해요.

이것이 바로 사랑이 저지른 짓이 아니겠느냐고요.

사랑이 괴로운 건 사랑을 시작하는 사람이 가지고 싶은 것이, 도무지 눈에 보이지 않는 상대의 마음인 까닭이죠. 하지만 사랑이 시작되면 우리는 마음을 가질 수는 없다는 걸 영영 모르게 된 사람처럼 행동합니다. 잘 알다가도 갑자기 모르게 되는 것. 그게 사랑이니까요.

그래서 사랑은 '아는 것'이 아니라 '하는 것'일지 몰라요.

물속을 헤엄치는 사람은 수영하는 방법을 생각하지 않아요. 그저 물과 자신의 팔과 다리, 호흡에 집중할 뿐이죠.

우리가 질문을 멈추지 않는 한, 사랑에 대한 정의는 강가의 사구(砂丘)처럼 쌓여갈 거예요.

오늘, 정의 하나를 추가했습니다.

삶에 대해 그렇듯, 사랑에 대해서도 나는 아무것도 모른다는 것을 안다.

이별
주의보

~~~~~~~~~~~~~~~

라디오를 진행하다 보면 연애에 관한 사연들이 많이 옵니다. 사연 중에는 처음과 달라진 연인의 변화에 낙담한 사람들의 얘기가 특히 많아요. 문제는 그런 변화가 대개 이별의 징조라는 거죠.

　"나만 바라보던 그가 자기 시간, 공간을 요구하며 멀어집니다."

　"그녀는 제가 다가가면 멀어지고, 멀어지면 다시 다가와 끝없이 저를 혼란스럽게 해요. 제가 그녀를 붙잡는 게 맞을까요?"

　그 사람 때문에 변해가는 자기 모습이 절망스럽다면, 그런데도 지금의 관계에서 벗어날 수 없다면, 사귀는 게 아니라 헤어지는 중이라는 느낌에 사로잡혀 있다면, 당신은 지금 나쁜 연애에 중독된 겁니다.

저라고 별수 있나요. 청취자들의 이런저런 연애 사건을 접하다
보면 "사랑이 무슨 죄인가? 사람이 죄지!"라고 말하고 싶은 순간도
많아요. 너무 화가 나서 머릿속이 하얘지는 경우도 있습니다. 결별
의 이유가 외도나 악의적인 거짓말일 때는 복수하는 방법이 백한
가지쯤 동시에 떠오르지만, 결국 달라이 라마가 할 법한 말을 하죠.
그가 아니라 나를 위해 용서하는 것이라고요.

어째서 저는 그녀에게 복수하라고, 그에게 욕이나 한바탕 퍼부
어주라고 말하지 못할까요. 어째서 헤어진 그에게 전화하고 싶은
마음을 눌러 참아야 한다고 말하는 걸까요? 기껏 충고해봐야 어차
피 전화하고, 알아서 욕하고, 모르게 복수하고 싶은 마음이 사라지
지 않는다는 걸 알면서도 말이죠.

해봤기 때문입니다.
이미 제가 다 저질러본 일이기 때문에……

친구가, 선배가, 후배들이 뜯어말리는데도 헤어진 남자친구에
게 한밤중에 술 취해 전화해봤고, 헤어지는 순간 생각해낼 수 있는
가장 심한 욕을 해봤고, 그를 염탐하다 동네 미용실 입간판 앞에서
마주쳐 평생 잊지 못할 발 연기를 선보였기 때문입니다. 너만 망할

수 있다면 내 인생이야 어찌 되든 상관없다는 마음이야 백번 이해하지만, 그러지 않는 쪽이 더 낫다는 걸 제가 알고 있기 때문입니다. 누군가가 망하길 바라는 마음은 누군가가 잘되길 바라는 마음보다 훨씬 질기고 강해서, 어떤 사람의 인생을 망치기도 전에 내 인생부터 망가뜨린다는 걸 알기 때문입니다. 그러니 이렇게 말할 수밖에요.

그녀를 놓아주세요. 하지만 시간이 많이 걸릴 거예요.

우리 모두는 사랑 앞에서 꼼짝없이 당해본 적이 있어요. 이럴 수는 없다면서 스스로를 믿지 못할 정도로 혐오한 적이 있습니다.

사랑 때문에 힘든 분들에게 가장 도움이 되는 심리학 이론을 하나 소개하려 해요. 바로 애착 이론입니다. 애착 이론(Attachment Theory)은 영국의 심리학자 존 보울비가 정립한 이론이에요. 유년기에 부모와 아이 사이에 형성된 애착 정도에 따라 애착은 크게 세 가지 유형으로 나뉩니다. 애착에서 가장 중요한 개념은 친밀감이에요. 상대에게 친밀감을 원하는 정도에 따라 애착을 세 가지 유형으로 나누거든요.

안정형 애착: 친밀감과 의존을 편안히 받아들이고 효과적인 의
          사소통을 하는 달인들.
불안형 애착: 친밀감을 갈망하고 연인 관계에 지나치게 몰두하
          며 자신이 파트너를 사랑하는 만큼 파트너 역시
          자신을 사랑해줄 수 있을지에 대해 걱정한다.
회피형 애착: 파트너와의 친밀감이 높아지면 자신의 독립성이
          줄어든다고 여겨 파트너와의 친밀감을 끊임없이
          줄이려고 애쓴다.

우리는 대개 이 세 가지 유형 중 한 가지 애착을 가지고 있습니
다. 꼭 말하고 싶은 게 있어요. 연인을 보고 있어도 또 보고 싶은 그
마음이 잘못된 게 아니란 걸 말이죠. 보고 싶은 마음은 애정 결핍이
나 의지박약을 의미하는 게 아닙니다. 친밀감을 원하며 끝없이 소
속감을 확인하고자 하는 마음은 개인의 의지박약이나 애정 결핍이
아니라 호모 사피엔스 때부터 우리에게 새겨져 있는, 생존을 위한
본능이니까요.

당신의 "너 때문에 숨 막혀!"와 나의 "너 때문에 외로워 얼어 죽
을 것 같아!"라는 말 사이에는 어떤 다리가 놓여야 할까요.
늦으면 늦는다고, 멀리 가면 간다고, 무슨 일이 있으면 있다고

말해주는 이 간단한 행동조차 하지 못해, 우리는 사랑하는 사람에게 얼마나 많은 상처를 줬나요. 단지 내 쪽의 편의와 이기심 때문에 상대에게 주었던 아픔을, 나는 얼마나 자주 "너는 왜 이렇게 나만 바라보니? 왜 집착해!"라는 말로 쥐어박았던가요.

연인 사이에도 최소한의 예의라는 것이 존재한다.
문자를 받았으면 답장을 해주는 것,
늦으면 늦는다고 전화해주는 것,
무슨 일이 있으면 있다고 말해주는 것,
이따가 전화한다고 했으면 정말 이따가 전화를 해주는 것,
멀리 간다면 간다고 말해주는 것.

그러나 당연히 해야 하는 것임에도 불구하고 생략해버리는 사람들이 많다.
의도적이지 않은 이런 무시 때문에 기다리는 입장에 놓여 있는 사람은 괜히 집착하는 사람처럼 생각되고,
조금씩 무너져 내리는 자존심 때문에 신경질적으로 변해버리고 만다.
혼자 하고 싶은 대로 하고 살고 싶다면 차라리 그냥 혼자 지내라.

나는 사랑에 대해 아무것도 모른다는 것을 안다

괜히 사람 집착 중독자로 만들지 말고.

당연히 해야 하는 것조차 지키지 못하는 사람이 무슨 큰 사
랑을 바라는가.

기다리는 당신의 잘못은 없다.

당연한 예의를 기다리는 것뿐이니까.

___〈그들이 사는 세상〉

사랑의 성문법이 있다면 준영의 말 같았으면 좋겠습니다.

사랑이 게임일까요? 더 많이 사랑한 사람이 지는 게 사랑일까
요? 먼저 고백한 쪽이 패자이고, 먼저 헤어지자고 말하는 쪽이 사
랑의 승자가 되는 걸까요?

사랑은 게임이 아닙니다. 이 말을 몇 번이라도 하고 싶어요. 누
군가가 당신에게 주는 그 사랑을 당연하게 여기는 순간, 당신은 절
반 이상의 세계를 잃어버리는 겁니다. 존재 자체가 고마움이 되는
사랑스런 세계를 말이죠. 세상에 당연한 건 없어요. 그것이 행복의
비밀이라는 것도 모른 채, 당신은 그저 사랑에서 이겼다고 착각하
는 바보일 테죠.

너무
사랑하는 병

～～～～～

로빈 노우드의 『너무 사랑하는 여자들』은 '너무 사랑한다'는 것이 사랑하는 남성의 수나 연애 횟수가 많은 것을 뜻하는 게 아니라고 말합니다. 그녀는 그것이 사랑의 깊이를 나타내는 것도 아니라고 잘라 말하죠.

'너무 사랑하는 것'은 한 남자에게 집착하고, 집착을 사랑이라고 생각하는 상태를 의미합니다. 자기 인생이나 건강, 행복에 마이너스가 된다는 걸 알면서도 집착을 끊지 못하는 상태죠.

이 현명한 심리 치료사가 말합니다.

기쁨이 아니라 고뇌와 고통의 깊이로 애정의 심도를 측정하려는 건 어리석은 시도라고요.

그녀는 강조해요. 어떤 사람들에게는 사랑이 끝없이 이어지는 고통과 짧지만 강렬한 기쁨으로 이루어져 있다고요.

우리 중 누군가는 친근함을 거부하는 여자나 남자와 사귄 적이 있습니다. 다가가면 멀어지고, 멀어지면 다가와 나를 혼란스럽게 만드는 사람 말이죠. 자기만의 공간, 자기만의 시간을 요구하는 그 사람은 외롭고 싶지 않아 연애를 시작했던 나를 점점 더 외롭게 합니다. 전화를 하긴 하지만 충분하지 않고, 사랑한다는 말 비슷한 얘기를 하지만 확신을 주지는 않습니다.

당신은 그런 그에게 끊임없이 전화하고 싶은 마음을 억지로 참아본 적이 있을 겁니다. 확인하지 않으면 미칠 것 같은 불안한 마음에, 자신이 점점 집착증 환자가 되는 것 같다고 느끼면서요.

> 그녀들은 정서가 불안정한 남성을 자극적이라고 생각한다. 신뢰할 수 없는 남성을 도전적이라고, 불안정한 남성을 로맨틱하다고 생각하기 쉽다. 미숙한 면도, 음침한 면도, 그녀들에게는 신비적인 매력으로 비친다. 화를 잘 내는 남성은 이해를, 불행한 남성은 위안과 공감을, 미숙한 남성은 격려를, 차가운 남성은 배려를 진심으로 필요로 하고 있다고 생각한다.
>
> ___로빈 노우드, 『너무 사랑하는 여자들』

당신은 당신과의 관계를 모호하게 놔두는 사람을 만난 적이 있나요? 약속이든, 관계든, 무엇이든 명료하지 않아 언제나 당신으로 하여금 추측하게 만드는 사람을 만난 적은요?

　과거의 연인을 잊지 못하고, 다른 관계에 대한 여지를 남겨놓아 당신을 불안하게 만드는 사람. 어쩌면 당신이 사랑에 빠진 사람은 그런 사람인지도 모릅니다.

　우리는 상대가 변할 거라고 믿죠. 내 사랑이 그를 변화시킬 거라는 희망 때문에 많은 고통을 견디고 참아냅니다. 심지어 그것을 사랑이라고 배웠으니까요. 하지만 정말 내 사랑으로 그가 변화할 수 있을까요?

　어린 시절 읽었던 『미녀와 야수』는 한 여자의 사랑이 한 남자를 변화시키는 이야기처럼 보이죠. 이 동화의 진실이 정말 그런 걸까요?

　미녀는 야수를 변화시키려 하지 않아요. '당신이 야수가 아니었다면 나는 정말 행복했을 텐데!'라고 말하지 않습니다.

　상대를 바꾸려는 노력은 (놀랍게도) 이기적인 경우가 많아요. 상대가 바뀌면 자신이 행복해질 수 있다고 (착각이지만) 믿기 때문이죠. 이것은 사람들이 행복을 행복의 조건과 자주 혼동하기 때문에 생기는 일이기도 합니다. 돈을 많이 벌면, 가족이 건강하면, 문제의 그 사람만 바뀌면, 행복해질 거라고 믿으니까요. 우리가 막상 행복이라 생각하는 것들은 대개 행복이 아닌 행복의 조건인 경우가 많아요. 그래서 다른 사람을 바꾸려는 불확실한 노력을 하기보다는 나 자신을 바꾸는 편이 더 현명합니다.

나와 그의 관계가 아니라, 나와 그녀의 관계가 아니라, 나와 나의 관계를 규정하는 일이 가장 시급합니다. 스스로를 사랑하는 일 말이죠. 스스로를 사랑할 수 없기 때문에, 자신이 사랑받고 있다고 확신시켜주는 남자를 필요로 하게 되거든요. 자기 자신의 마음을 들여다보지 않기 때문에, 거울을 보듯 그의 웃는 얼굴을 봐야 안심할 수 있는 겁니다.

당신은 '나'와 어떤 관계를 맺고 있나요?

비라도 내리면
널 붙잡을 수 있을 텐데

~~~~~~~~~~

여자는 소년이 이해 못할 말을 남기고 사라집니다. 그녀의 수수께끼 같은 말을 소년은 오래 간직해요. 신카이 마코토 감독의 애니메이션 〈언어의 정원〉에 가장 자주 등장하는 건 도쿄의 비 내리는 하늘이에요.

비 내리는 날, 소년은 학교에 가기 싫어 신주쿠 역에 내립니다. 소년은 무작정 공원을 찾아요. 그때 한 여자가 작은 정자의 벤치에 앉아 맥주를 마시고 있었죠. 잠시 눈이 스치듯 마주쳤지만 여자와 소년은 말없이 자기 일에 집중해요. 구두 디자이너가 꿈인 소년은 구두를 스케치하고, 여자는 비 내리는 공원의 풍경을 바라보며 맥주를 마셔요.

보통의 날이 흘러갑니다. 그것이 사랑임을 예감하지 못한 채 사랑이 비처럼 스미죠. 대개의 사랑이 이토록 쓸쓸한 건, 깨달음이 늘 늦게 찾아오기 때문인지 몰라요. 사랑이 끝난 후에야 우리는 그 시작을 겨우 가늠해볼 수 있으니까요.

소년이 생각합니다.
비가 내리면 그녀를 다시 만날 수 있을까.
고개를 들어 하늘을 바라보는 날이 잦아집니다.

천둥소리가 저 멀리서 들려오고
구름이 끼고 비라도 내리지 않을까.
그러면 널 붙잡을 수 있을 텐데.

———〈언어의 정원〉, '만요집'

얼마 후 텔레비전에서 장마를 알리는 예보가 흘러요. 장마가 시작된다는 건 이들의 만남이 이루어진다는 하늘의 편지일까요?
보내지 못한 편지, 해보지 못한 고백, 지키지 못한 약속, 이미 사라진 곳에서 누군가를 오랫동안 찾아보았던 기억.
제게는 그런 기억이 있습니다.

그가 남기고 간 그림자라도 오롯이 밟고 서 있고 싶었던 기억, 그녀의 그림자라도 안아보고 싶었던 마음, 그가 남기고 간 발자국 위에 내 운동화를 살며시 포개보고 웃던 풍경.

어쩌면 우리는 사랑이 던지는 많은 질문에 평생 답하며 살아야 하는지도 모릅니다. 그것이 오답이라도 말이죠.

하지만 어느 기적 같은 날, 누군가의 질문에 정답을 말하게 되는 그날, 그토록 정확한 사랑의 고백을 듣는다면, 마음에서 올라오는 설렘을 어쩌지 못하겠죠.

우리는 모두 한때 누군가의 첫사랑, 누군가의 마지막 사랑이 되는 불가능한 꿈을 꿔봤을 테니까요.

나는 사랑에 대해 아무것도 모른다는 것을 안다

사랑의 유효기간은
3년

~~~~~~~~~~

"1년째엔 가구를 사고, 2년째엔 가구를 재배치하고, 3년째
엔 가구를 나누죠."
"사랑은 현실이란 햇살이 비추자마자 소멸하는 안개야."

___〈사랑의 유효기간은 3년〉

사랑에 회의적인 소심남 마크. 뭐든 자신 있는 매력녀 알리스.
마크가 고백하죠.
"사랑은 3년! 거짓말이니까."
알리스가 주장합니다.
"사랑은 영원! 운명이니까."

우리는 인생의 특정 시기에 이성의 구애를 집중적으로 받습니

다. 대부분의 사람들에게 그 시기는 뜨거운 청춘 시절이겠죠. 하지만 '뜨겁다'는 말을 쓰고 나면 저절로 '식는다'라는 말이 떠오르는 건 왜일까요?

소설가 정이현은 『사랑의 기초』에서 "연애의 초반부가 둘이 얼마나 똑같은지에 대해 열심히 감탄하며 보내는 시간이라면, 중반부는 그것이 얼마나 큰 착각이었는지 야금야금 깨달아가는 시간이다"라고 썼어요.

'사랑은 900일간의 폭풍'이라는 제목의 연구 결과도 있습니다. 미국 코넬대학교 인간행동연구소에서 2년간 5,000명의 미국인을 대상으로 조사를 했어요. 그 결과 18개월에서 30개월이면 뜨거웠던 사랑이 식는다고 하네요. 사랑의 감정은 사랑에 빠졌던 1년 후 무려 50퍼센트가 사라지고, 그 후로 계속 낮아진다고 합니다.

결혼 4년째에 이혼할 확률이 가장 높다는 흥미로운 통계도 있어요. 모든 게 도파민이라는 호르몬 때문이라는 뇌 과학자들의 연구도 있고요. 사랑에 빠지면 뇌의 미상핵 부위에서 도파민이 샘솟아 눈에 콩깍지가 덮인다고 해요. 그 기간은 최대 900일. 하지만 시간이 지나면서 도파민의 분비가 서서히 줄어드는 거죠. 그래서 사랑의 유효기간이 대략 900일 정도라는 계산이 나오는 겁니다.

그럼에도 불구하고 우리는 영원한 사랑을 꿈꿔요. 다시 사랑에 빠지는 순간, 그 모든 것들을 잊은 사람처럼 한 번 더 믿고 싶어지니까요. 그럼에도 불구하고 한 번 더 믿고 싶어진다면 그것을 사랑 외의 말로 표현할 수 있을까요?

사랑은 어쩌면 인간이 끝내 버릴 수 없는 마지막 희망인지도 모르겠습니다. 어쩌면 그 불가능한 것을 꿈꿔봤기에, 우리는 한때 그리 아름다운 존재일 수 있었던 게 아닐까요?

영화 〈중경삼림〉에서 금성무가 했던 대사가 지금껏 사랑받는 것도 그런 이유겠죠.

"만약 사랑에도 유효기간이 있다면, 나의 사랑은 1만 년으로 하고 싶다."

독신의 외로움,
결혼의 노여움

～～～～～～

세상에서 가장 두려운 독자가 누구일까요? 제가 10년 전에 쓴 소설을 어젯밤에 읽고 와서 오늘 질문하는 날카로운 독자입니다. 식은땀이 나요. 멀어진 기억을 헤집어 더듬더듬 대답하다가 어떨 때는 주인공의 이름까지 바꿔 말할 때도 있고요.

얼마 전에 한 강연에서 어느 학생이 연애를 꼭 해야 하는지 물었습니다. 한참 고민하다가 "연애하고 싶으세요?"라고 되물었습니다(대답하기 곤란할 때 작가들이 자주 쓰는 전략입니다). 잘 모르겠다는 답이 돌아왔어요. 세상에는 어려운 질문이 참 많아요. 연애보다 더 어려운 건 결혼이겠죠. 해야 할지, 말아야 할지, 늘 의견이 분분하니까요.

그런데 놀라운 건 이 어려운 질문을 제가 종종 받는다는 겁니다. 더 놀라운 건 10대에게 받은 그 질문을 40대와 50대에게도 똑같이 받는다는 거죠. 70대에게도 사랑이 어렵긴 마찬가지일 거예요. 그래서 이 질문에 대한 제 공식 답변이 있어요.

"같이 있으면 괴롭고 혼자 있으면 외로울 테니, 괴로움과 외로움 중 무엇을 선택할지 고르면 됩니다."

우리는 연애하지 않는 사람에게 뭔가 문제가 있다고 생각할 때가 많아요. "왜 이렇게 외로울까?"라는 질문에 많은 사람이 쉽게 "연애를 안 하니까 그렇지!"라고 대답하는 건 그런 맥락이겠죠.

사회도 적극적으로 연애를 권장합니다. 사람들이 연애를 해야 영화나 요식업 같은 데이트 시장이 열리고, 연애를 해야 결혼도 할 것이고, 아이를 낳아야 육아와 사교육 시장이 열리니까요.

유럽에서는 이미 결혼하지 않은 채 동거하는 커플의 권리를 법적으로 보장하는 나라가 늘고 있어요. '졸혼'이라는 말이 등장했다는 건 결혼 제도의 문제를 단적으로 드러냅니다. 과거와 생애 주기가 달라지는 100세 시대. 연애와 결혼은 조금씩 형태와 구조를 바꾸게 될 테죠.

평화로운 결혼 생활이 얼마나 힘든지에 대해 얘기한 미국의 유명한 코미디언이 있습니다. 그는 넬슨 만델라를 예로 들었어요. 감옥에서 모진 고문을 겪으며 역경을 이겨낸 넬슨 만델라가 이겨내지 못한 유일한 사람이 그의 아내였다고 해요. 언젠가 알랭 드 보통은 독신에는 외로움이, 결혼 생활에는 숨막힘과 노여움, 좌절이 따른다고 얘기하다가 이런 말을 덧붙였어요.

"진실을 말하자면 사람은 어느 상태에서든 행복을 누리는 재간이 썩 뛰어나지 않다."

헤비급 세계 챔피언 무하마드 알리도 이렇게 말했습니다.

"가장 힘든 싸움은 첫 번째 아내와의 싸움이었다."

부부 사이 때문에 힘든 날, 이렇게 생각해보는 건 어떨까요?
'세계 챔피언 무하마드 알리도, 노벨 평화상 수상자인 넬슨 만델라도 하지 못한 그 힘든 걸 하고 있는 내가 자랑스럽다!'

혼자가 더 편한
사람들의 사랑법

~~~~~~~~~~~~~~~~~~~~

사랑보다 자아실현을, 우리보다 나를 중심에 두는 시대. 썸과 사랑 사이에서 고민하다 깊은 관계를 피하고 나를 선택하는 사람들. 『혼자가 더 편한 사람들의 사랑법』은 연애 불능 시대의 사랑을 말합니다.

"구속받고 싶지 않아" 혹은 "지금 당장은 나한테 집중하고 싶어"라는 문장이 무슨 의미인지 어느 정도 객관성을 가지고 생각해볼 필요가 있다. 이 말은 결국 상대한테 관심이 없다는 것을 친절하게 돌려서 하는 말이다. 많은 사람들이 관계에 대해 뚜렷한 결정을 내리지 않고 그냥 어영부영 내버려둔다. 말 그대로 수요 사회를 여실히 보여주는 현상이다. 상대가 자신이 딱 원하는 사람이 아닌데도 어떤 기능적

인 이유에서 곁에 두는 것이다. 합의라는 잠정적 해결책을
구실로 삼으면서. 그리고 이것이 꽤 강력한 인간의 약점이
라는 사실을 떨쳐버린다. 어느 순간 자신을 돌아보다가 이
사실을 깨닫게 되면 다른 해결책을 찾는다. 바로 밍글(믹스+
싱글의 신조어)이다.

___미하엘 나스트, 『혼자가 더 편한 사람들의 사랑법』

문제가 생기면 해결하려고 노력하기보다 헤어지거나 파트너를
바꾸는 데 익숙해진 이 시대에 사랑이란 무엇일까요. 사랑이 마음
에 들지 않으면 고치기보다 새로 사는 이 시대의 쇼핑법과 점점 닮
아가고 있는 건 왜일까요.

일찍 선택하면 손해라는 마음 때문에 연애 중에도 틈틈이 이상
형을 찾게 되는 역설. SNS에는 잠재적 연애 대상자들이 셀 수 없
이 많죠. 결국 상대를, 나를, 바라보는 마음은 연애 중에도 불안하
기만 해요.

철학자 한병철은 "매끄러운 것이 현대의 특징"이라고 말했습니
다. 작은 스크래치도 바로 자국으로 남는 스마트폰이나, 늘어나고
있는 왁싱 숍도 매끄러움의 상징이겠죠. 사랑은 어떨까요? 외모,
직장, 성격 등 많은 조건이 맞아야 연결되고 매끄러워 보이는 그 연

나는 사랑에 대해 아무것도 모른다는 것을 안다

결조차 연약할 때가 많아졌어요.

사랑은 '너'를 위해 '나'를 바꿀 수 있다는 의지의 문제이기도 합니다. '나'와 '너'를 뛰어넘는 '우리'의 정체성을 만들어가는 문제이니까요.

결국 진짜 문제는 나 자신을 희생할 만큼 헌신할 준비가 되어있지 않다는 거죠. 상대가 내게 어떤 에너지도 빼앗길 원치 않기에 곧장 거리를 두게 되니까요. 내 공간, 내 시간, 내 취향이 중요하기 때문입니다.

자아실현이나 자기만족을 위해 사랑을 선택하는 사람들이 늘고 있어요. 그러다 보니 사랑에서 깊은 감정을 충족시키는 일도 줄어들었습니다. 즐거움이나 행복감 이외에 외로움, 질투, 실망 같은 사랑의 또 다른 감정과는 대면하고 싶지 않은 거예요. 바로 그런 감정이 나의 변화와 성장을 촉진시킨다는, 사랑의 가장 강력한 역설에도 불구하고 말이죠.

저자가 말합니다. 연애 불능과 애착 불능은 자기실현과 완벽을 향한 노력의 다른 이름일 뿐이라고요. 우리는 나와 더 잘 맞는 상대, 내 삶을 더 의미 있게 채워줄 상대가 어딘가에 존재할 거라고 생각한다는 겁니다.

사랑에 있어서도 완벽함을 추구하는 이 시대의 강박은 어떻게 내려놓아야 할까요.

"누군가를 사랑하고 있는가? 그렇다면 그것이 사랑이라고 어떻게 정의할 수 있는가?"라는 질문에 작가 조나단 프란젠은 이렇게 말했습니다.

"내 마음이 그렇다고 이야기했다. 그리고 내 이기심이 줄어들었다."

지금 당신 옆에 있는 그 사람이 사랑이라면, 당신은 이 질문에 뭐라고 답할 수 있나요?

나는 사랑에 대해 아무것도 모른다는 것을 안다

나에겐 내가 있지만 너를 기다려

어둠 속에서
어둠을 보는 법

〰〰〰〰〰〰〰

2010년 뉴욕현대미술관(MoMA)에서 '예술가가 여기 있다'라는 제목의 퍼포먼스가 열렸습니다. 미술관이 문을 여는 아침부터 문을 닫는 저녁까지 행위예술가 마리나 아브라모비치가 의자에 꼼짝 않고 앉아 자신을 찾아오는 관객과 마주하고 침묵으로 소통하는 프로젝트였어요. 무려 736시간의 퍼포먼스가 이어지는 동안 미술관을 찾은 관객은 뉴욕 시민보다 많은 850만 명이었어요.

저처럼 그렇게 오랜 시간 움직이지 않으면, 누구라도 아주 예민해집니다. 몸 전체로 세상을 볼 수 있게 돼요. 등 뒤에서부터 앞까지 관중을 느낍니다. 등, 손, 발 모든 곳에 눈이 달리죠. 우리가 움직이지 않을 때, 불필요한 다른 감각들은 문을 닫습니다. 정지합니다. 그곳엔 오직 현재만 있죠. 모든 것이 강하게 증폭돼요. 그런 다음 우리는 그곳에 진짜로 존재하게 되는 겁니다.

___안희경, 「여기 아티스트가 있다」

한 예술가 앞에 앉기 위해 긴 시간을 참고 기다린 사람들은 어떤 마음이었을까요. 끝없이 이어진 줄은 미술관을 넘어 도시 전체가 '생판 모르는 사람에게 무조건적인 사랑을 준다'는 의지를 품은 한 예술가의 자장 안에 있는 듯했습니다.

그리고 마침내 한 남자가 그녀 앞에 마주 앉아요. 백발의 남자는 그녀를 말없이 응시했어요. 잠시 후 믿을 수 없는 일이 벌어졌습니다. 마리나의 눈에 눈물이 맺히기 시작한 거예요. 눈물이 떨어질 즈음 마리나는 '예술가가 여기 있다' 프로젝트의 가장 중요한 규칙을 깹니다.

한 순간도 움직이지 않던 그녀가 손을 내밀어 남자의 손을 잡아요. 숨죽인 채 둘을 바라보던 관객들이 갑자기 환호와 함께 박수를 치기 시작합니다.

그 남자의 이름은 울라이 우베라이지펜.

1976년부터 1989년까지 그들은 연인이자 위대한 예술적 동반자였어요.

이 둘의 오랜 동반 관계는 중국의 만리장성을 걷는 여정으로 막을 내렸습니다. 결혼식을 올리기로 한 장소에서 헤어진 거예요.

세상에는 기이한 이별과 아름다운 만남이 존재합니다. 울라이는 마리나를 잊지 않은 채, 22년의 시간을 거슬러 그녀를 찾아옵니다. 헤어진 연인을 찾아온 울라이는, 그러나 1분이 지나자 미련 없이 자리를 떠나요.

한 인터뷰에서 마리나는 예술적 동반자였던 울라이와 헤어졌던 때가 인생에서 가장 고통스러운 순간 중 하나였다고 말했습니다. 하지만 그것이 새로운 시대를 시작하는 가장 소중한 일이었다고도 고백하죠. 울라이가 떠난 후, 다음 관객이 그녀의 의자 앞에 앉았습니다. 잠시 숨을 고르며 눈물을 훔쳤던 마리나는, 감았던 눈을 천천히 뜨고 곧바로 앞에 앉은 사람을 응시하기 시작해요.

1분간의 만남,
1분 후의 헤어짐.
모든 건 순간이었어요.

만남에는 끝이 존재합니다. 관계는 시간이 흐르며 변화합니다.
이것만큼 슬픈 진실은 없지만······.

제가 아는 한, 슬프지 않은 진실 같은 건 없습니다. 진실이 혹독하지 않다면 우리에게 거짓말 따위는 필요하지 않았겠죠.

제게 어둠 속에서 어둠을 보는 법을 알려준 사람은 H였어요. 그는 어떤 것도 보이지 않는 어둠 속에서 어둠을 보기 위해 할 수 있는 유일한 일은, 더 이상 빛을 찾지 않는 것이라고 말했어요.

"두렵더라도 어둠 속에 앉아 움직이지 않고 어둠을 응시할 수 있어야 해."

어둠에 익숙해진 눈이 비로소 어둠 속의 어둠을 보게 되는 순간을 그는 담담히 설명했어요.

인생의 가장 어려운 순간을 우리가 어둠에 은유한다면, 어둠 속의 어둠이란 그 누구도 아닌 나 자신을 똑바로 응시하는 고통에 대한 은유가 아닐까요.

마리나의 퍼포먼스를 보며 생각했습니다. 내 앞에 미동 없이 앉은 그녀가 결국 나를 비추는 거울이 되어준 건 아닐까. 두려워서 보고 싶지 않았던 내 모습을 투명하게 비춰주는 거울 말이죠.

마리나 아브라모비치가 위대한 예술가로 더 나아갈 수 있었던 것 역시, 혹독한 이별을 겪으며 기어이 '어둠 속에서 어둠'을 보는 법을 깨달았기 때문일 거예요.

당신의 사진을 가지고 싶어,
모든 사람의 사진을 찍었습니다

～～～～～

그 사람의 사진이 갖고 싶어서 그곳에 있던 모든 사람의 사진을 찍은 적이 있습니다. 내 마음을 꼭꼭 숨겨야 해서 기꺼이 친절을 베풀던 그때. 마음을 숨기기 위해 내내 웃어야 했던 적이 있어요.

언젠가부터 사람들의 사진을 찍습니다. 나만 볼 수 있는 뒷모습, 무심코 창밖을 보는 모습, 힐끗 웃어 보조개가 팬 모양이나, 그의 서툰 젓가락질을 찍습니다.

사람을 만나고 일주일 후쯤, 제가 찍은 사진을 보내요.

당신의 프로필이 텅 비어 있을 때 편지는 조금 더 애틋해지죠.

당신의 빈칸을 바라보는 마음에 대해 조금 더 긴 말을 쓰게 됩니다. 그리고 어느 날, 그의 프로필이 제가 건넨 사진으로 바뀌어 있을 때 따뜻해요.

5월의 오후 세 시, 광합성하는 해바라기처럼 문득 키가 더 자라고 있는 느낌이에요.

SNS에 있는 101명의 사람들 중 제가 찍은 사진으로 프로필이 바뀌어 있는 사람을 세어본 적이 있어요.

다섯 명. 손가락 숫자와 같습니다. 숫자를 세어보고는 나쁘지 않은 삶이란 생각이 들었어요. 부족하고 혼란스럽지만 그럭저럭 살아내고 있구나, 나…….스스로 머리를 쓰다듬어봅니다.

문득 행복하냐고 묻고 싶을 때가 있다.
할 말이 없어서가 아니라
내가 기울고 있어서가 아니라
넌 지금 어떤지 궁금할 때.

많이 사랑했느냐고 묻고 싶을 때가 있다.
그게 누구였는지 알고 싶어서가 아니라
그만큼을 살았는지,
어땠는지 궁금할 때.
아무도 사랑하지 않아서 터져버릴 것 같은 시간보다
누구를 사랑해서 터져버릴 것 같은 시간이

낯지 않느냐고 묻고 싶다.

불가능한 사랑이어서,
하면 안 되는 사랑일수록
그 사랑은 무서운 불꽃으로 연명하게 돼 있지 않은가.

누가 내 마음을 몰라주는 답답함 때문이 아니라
누가 내 마음을 알기 때문에
더 외롭고, 목이 마른 이유들을 아느냐고 묻고 싶다.

묻고 싶은 게 많아서 당신이겠다.

나를 지나간
내가 지나간 세상 모든 것들에게
'잘 지내냐'고 묻고 싶어서
당신을 만난 거겠다.

___이병률, 「묻고 싶은 게 많아서」

당신이 그러하듯, 그러했듯, 저도 제 안부를 이렇게 물어요.
당신의 안부가 실은 그리운 것이겠지만.

나에겐 내가 있지만 너를 기다려

왈칵
흐르는

~~~~~~~~~~~~

히로시마에 원폭이 투하되고 사흘이 지난 1945년 8월 9일. 나가사키에 두 번째 원자폭탄이 떨어졌습니다.

나가사키에 머무는 동안 저는 가장 먼저 원폭 자료관에 찾아갔어요. 그곳에서 제 마음을 사로잡았던 건 처참히 무너진 건물이나 사망자들의 유품이 아니었습니다. 그곳에 실제로 살았던 사람들의 사진이었어요. 워낙 사진이 귀하던 시절이라 대부분 기념사진들이었지요.

나가사키 초등학교 아이들의 입학 사진, 야구부원들의 졸업 사진, 가게 개업을 축하하는 상점 주인 부부의 사진⋯⋯. 오래도록 서서 그 사진들을 바라봤습니다.

그들은 평생을 열두 살과 열여섯으로, 어리고 순한 얼굴로 기억되겠죠. 그들 중 생존자는 단 한 명도 없었습니다.

나가사키 원폭 자료관에는 원폭 당시의 참상을 찍은 사진가들의 이름도 적혀 있었어요. 그들의 이름을 바라보다가 멍해졌습니다. 사진을 찍었다는 건 참사의 현장에 함께 있었다는 뜻이고, 그것은 어쩌면 죽음을 의미했으니까요.

사랑하는 사람을 죽음으로 잃은 사람들이 쉽게 눈에 띄지 않는 건, 그들이 슬픔을 숨기거나 잊으려 하며 살기 때문입니다. 그토록 큰 슬픔을 평생 간직한다면 우리는 어떻게 살아갈 수 있을까요.

그러나 슬픔이나 그리움이 불쑥 호출되는 때가 있어요. 사고로 죽은 누나의 방 안에서 우연히 발견한 편지 꾸러미들처럼 말이죠.

> 몇 해 전 누나를 사고로 잃었다. (⋯)
> 하지만 단 하나도 버리지 못한 것이 있었으니 그것은 그녀가 이제껏 받은 편지였다. (⋯)
> 나는 편지들이 궁금해 손에 잡히는 대로 펼쳐 보았다. 한참을 읽어보다 조금 엉뚱한 대목에서 눈물이 터졌다. 1998년 가을, 여고 시절 그녀가 친구와 릴레이 형식으로 주고받은 편지였는데, "오늘 점심은 급식이 빨리 떨어져서 밥을 먹지 못했어"라는 내용이 적혀 있었다. 이미 이 세상에 없는 사람이 10여 년 전 느낀 어느 점심의 허기를 나는 감당해낼 재간이 없었다. (⋯)

삶을 살아오며 타인에게 욕을 듣거나 비난을 받은 적이 간
혹 있었다. 서로 오해가 쌓여 그런 적도 있었고 물론 내가
명백하게 잘못한 일도 많았다. 분명한 것은 내가 들었던 욕
이나 비난들은 대부분 말로 들었다는 것이다.

그러다 오해가 풀리거나 화가 누그러졌을 때 종종 상대에
게 사과를 받기도 했는데, 곰곰 생각해보면 이러한 사과는
말보다 글을 통해 받는 경우가 많았다. 아무리 짧은 분량이
라도 사과와 용서와 화해의 글이라면 내게는 모두 편지처
럼 느껴진다.

___박준, 「운다고 달라지는 일은 아무것도 없겠지만」

제게는 답장을 받은 편지가 거의 없습니다. 그것 때문에 슬펐던
어린 날이 있었어요. 시간이 흐르고 그 이유에 대해 생각해봤습니
다. 그때는 깨닫지 못했던 사실을 뒤늦게 눈치챘어요. 그건 사랑에
빠진 제가 너무 자주, 긴 편지를 보낸 탓이었습니다.

'돌이킨다'는 말은 '과거는 변할 수 있다'는 말처럼 들려요. 그러
니까 누군가에게 편지를 쓰는 일은 어쩌면 과거를 돌이키는 가장
좋은 방법이 될 수 있을 거예요. 답장을 받지 못한 편지는 이제 슬
프지 않습니다. 중요한 건 제가 그 편지를 썼다는 것과, 그것을 썼
던 시간을 기억한다는 것이겠죠.

중요한 건 말하는 행위이지 말한 내용이 아니라는 걸 알아갑니다. 하지만 가끔, 제 편지가 아직 당신의 서랍 속에 들어 있는지 못내 궁금해질 때가 있어요.

잘 지내나요?
너무 잘 지내지는 말아요.

너를 통과한
나

~~~~~~~~~~~

좋아하는 시는 반복해서 읽습니다. 연필로 한 자 한 자 쓰고 외우려고 노력해요. 어떤 시는 머리에서 가슴까지 내려오는 시간이 멀죠. 몇 년 전의 저였다면, 아마 이 시의 절반에도 가슴에 가닿지 못했을 거예요.

나는 '나'라는 말을 썩 좋아하진 않습니다.

내게 주어진 유일한 판돈인 양

나는 인생에 '나'라는 말을 걸고 숱한 내기를 해왔습니다.

하지만 아주 간혹 나는 '나'라는 말이 좋아지기도 합니다.

어느 날 밤에 침대에 누워 내가 '나'라고 말할 때,

그 말은 지평선처럼 아득하게

더 멀게는 지평선 너머 떠나온 고향처럼 느껴집니다.

나는 '나'라는 말이 공중보다는 밑바닥에 놓여 있을 때가
더 좋습니다.

나는 어제 산책을 나갔다가 흙길 위에

누군가 잔가지로 써놓은 '나'라는 말을 발견했습니다.

그 누군가는 그 말을 쓸 때 얼마나 고독했을까요?

그 역시 떠나온 고향을 떠올리거나

홀로 나아갈 지평선을 바라보며

땅 위에 '나'라고 썼던 것이겠지요.

(…)

하지만 내가 '나'라는 말을 가장 숭배할 때는

그 말이 당신의 귀를 통과하여

당신의 온몸을 한 바퀴 돈 후

당신의 입을 통해 '너'라는 말로 내게 되돌려질 때입니다.

나는 압니다. 당신이 없다면,

나는 '나'를 말할 때마다

무(無)로 향하는 컴컴한 돌계단을 한 칸씩 밟아 내려가겠
지요.

하지만 오늘 당신은 내게 미소를 지으며

'너는 말이야'로 시작하는 이야기를 들려주었습니다.

그 이야기는 지평선이나 고향과는 아무 상관이 없었지만

나는 압니다. 나는 오늘 밤,

내게 주어진 유일한 선물인 양

'너는 말이야' '너는 말이야'를 수없이 되뇌며

죽음보다도 평화로운 잠 속으로 서서히 빠져들 것입니다.

___심보선, 「'나'라는 말」

　요즘의 저는 '나'로 시작하는 말이 아니라 '너'로 시작하는 말에 관심이 갑니다. '내가 말이야'보다는 '너는 말이지'로 시작하는 말에 좀 더 귀 기울이게 돼요.

　이전의 저는 뭐든 '나는'으로 시작하는 말을 했어요. '내' 목표, '내' 작품, '내' 의도와 '내' 입장 같은 것들만 떠올랐습니다. '나는 이렇게 생각해'라는 말을 하느라, '너는 말이야'로 시작하는 당신의 말을 듣지 못할 때가 많았죠.

　그러나 가만가만 시간이 많은 걸 바꾼다는 것도 이제는 실감해요.

　이젠 나를 보기 위해 거울보다 창문 쪽으로 다가갑니다. 거울 속 나와 달리 창문은 밖의 풍경을 품은 채 나를 비추죠. 창밖 버드나무와 몇 마리 비둘기와 지나가는 사람들의 풍경 속에 스민 내가 보여요. 세상 많은 것들과 연결된 관계 속에서의 나 말이죠. 거울과 창문은 비슷한 듯 달라요. 같은 시선이지만 하나는 안으로, 하나는 밖으로 나 있는 내가 보이니까요. 그렇게 '너'를 통하지 않는 '나'보다, '당신'을 통과한 '내'가 와 닿는 시간이 뒤늦은 연애편지처럼 도착합니다. 아! 그랬었구나. 아름답지만 어리석었던 시절의 저도 보여요.

누구나 자신의 이야기를 하고 싶어 해요. 아사이 료는 소설 『누구』에서 이렇게 말하죠.

"최근에 어때?" 하고 묻는 사람은 상대의 이야기를 듣고 싶은 게 아니라, 분명 자신의 얘기를 하고 싶은 것이다.

하지만 당신의 눈빛을 탐험하는 동안 당신의 눈동자 속에 머문 나를 발견합니다. 이럴 때 내 눈동자 안에는 분명 당신이 깃들어 있겠죠. '나는 누구인가?'가 아니라 '당신은 누구입니까?'가 대화의 시작이라는 걸 배워요.

그렇게 나보다 '너'가 소중해지는 밤이 있어요.

배워서
남 주자

～～～～～～～～

영화배우 에단 호크가 감독한 〈피아니스트 세이모어의 뉴욕 소네트〉를 봤습니다. 후쿠오카의 한 호텔에 막 짐을 풀고 침대에 누우려다, 이 대사를 듣고 자세를 고쳐 앉았어요.

> "불협화음이 없다면 어떻게 될까요? 화음의 아름다움을 알지 못하겠죠."
>
> __〈피아니스트 세이모어의 뉴욕 소네트〉

세이모어 번스타인은 천재적인 피아니스트였습니다. 하지만 아직 재능이 출중할 나이에 은퇴했죠. 사람들은 그에게 재능을 낭비하지 말라고 충고했습니다. 이른 은퇴를 후회하지 않느냐는 그들의 질문에 그는 답했어요.

"완벽한 답을 찾았어. 내 재능을 너희에게 주기로 했단다!"

자신의 재능을 타인에게 나눠 주기로 한 그의 결정은 예술가로서 성장이었을까요, 아니면 매번 냉엄한 무대 위에 서야 하는 긴장과 고통에 대한 회피였을까요.

에단 호크는 평소에 더 많이 가져야 더 행복해진다는 통념에 대해 의문이 많았습니다. 그는 배우로서 최선을 다하면서 경제적 성공을 좇는 것, 이 두 가지를 조화시키는 것이 힘들었다고 고백해요. 자신이 이룬 가장 큰 성공이 최악의 실수였다는 걸 뒤늦게 깨닫기도 합니다.

"어떨 때는 아름다운 삶을 사는 게 제가 원하는 게 아닌가 싶기도 해요. 하지만 방법을 모르겠어요."

이 영화는 우연히 만난 두 사람의 대화에서 시작됐어요.

아흔의 피아니스트가 그에게 웃으며 반문하죠.

"이미 연기로 하고 있지 않나요?"

번스타인은 피아노에서 가장 중요한 건 '약한 음'을 치는 것이라고 말합니다. 사람들은 절정을 향해 나가는 빠른 템포의 곡에 감동하지만, 진짜 실력은 '약한 음 치기'에서 알 수 있다고요. 우리는 흔히 근육을 단단한 것이라 생각하지만 건강한 근육은 본래 말랑합니다. 뭉치거나 일부러 힘을 줘야만 단단해져요.

아흔 살 세이모어 번스타인은 모든 말을 피아노로 가장 약한 음을 치듯 하는 사람이었습니다. 느리고 부드러운 사람이었어요. 그는 공연을 위해서가 아니라 오직 어린 학생들을 가르치기 위해 지금도 여덟 시간씩 피아노 연습을 해요. 그 연습은 자신을 위한 것이 아니라 남에게 나눠 주기 위한 것입니다.

누군가 내가 들고 있는 촛불에서 불을 붙여 가더라도 불은 결코 줄어들지 않아요. 불은 점점 퍼져 세상을 더 환하게 밝힙니다. 번스타인 할아버지처럼 늙어가고 싶어요. 더 할 수 있지만 거기서 멈출 수 있는 지혜를 가진 온화한 할머니로 말이죠.

나에겐 내가 있지만
너를 기다려

〜〜〜〜〜〜〜〜

혼자 외롭게 사는 고슴도치가 있었어요. 그의 특기는 혼자 묻고 혼자 대답하기. 고슴도치는 거울 앞에 서서 거울 속 자신에게 이렇게 말을 걸곤 했습니다.

> 그냥 지금 네 모습 그대로 있는 건 어때?
> 외롭고, 아무것도 확신 못하고, 조금은 불안한 대로.
> 그렇더라도 조금은 행복하지?
>
> ___**톤 텔레헨**, 『고슴도치의 소원』

조금은 행복하지만 조금은 불행한 하루하루. 외로움이 파도처럼 일상을 덮치던 날, 고슴도치는 동물 친구들을 초대하기로 결심해요. 걱정이 시작됩니다. 걱정 때문에 편지를 쓰기 시작했어요.

보고 싶은 동물들에게

모두 우리 집에 초대하고 싶어.

고슴도치는 펜을 물고 뒷머리를 다시 긁적이고는 그 아래

이어 적었다.

하지만 아무도 안 와도 괜찮아.

결국 고슴도치는 편지를 보내지 못한 채 서랍장 속에 넣어둡니다. 그리고 빈 천장을 바라보며 온갖 상상을 하죠.

난 혼자가 편해. 나에겐 내가 있잖아.

그래도 가끔은 누군가와 함께여도 좋을 것 같아.

하지만 거절당하면 어쩌지? 내 가시를 보고 날 싫어하면

어쩌지?

가장 큰 걱정은 이거였죠. '아무도 오지 않으면 어떻게 하지?'

결국 고슴도치는 혼자 속삭입니다.

'여기가 제일 안전해, 외롭지만 안전해. 괜찮아! 나에겐 내가 있

잖아?'

가까이하면 아프고 멀리하면 외로운 고슴도치의 딜레마. 어느

정도의 온도가, 어느 정도의 거리가 우리에게 적당한 걸까요? 고슴
도치의 말처럼, 외로움은 가시처럼 우리에게 속한 걸까요?

걱정 많은 고슴도치는 우리와 닮았어요. 다가가기에는 거절이 두
렵고, 홀로 있기에는 너무 외로운 우리. 관계에 지쳐 혼밥을 먹으면
서도, 기어이 사진을 찍어 SNS에 올리고 '좋아요'를 기다리는 마음.

책장을 넘기다 고슴도치의 빛나는 가시를 바라봤습니다. 찌르
고 싶지 않아도 누군가를 찌르고야 마는 뾰족한 가시 때문에 정작
가장 아팠던 건 고슴도치 자신이 아니었을까요?

외로움을 슬픔이라 바꿔 부르고 싶던 날, 마지막 장을 넘겼어요.
고슴도치와 만난 건 이 말을 만나기 위해서라는 것도 깨달았죠.

  '조만간 또 만나자.'

고슴도치의 초대를 받은 다람쥐의 편지에 적혀 있던 말. 저는 이
말을 끌어안았습니다.

긴 겨울, 포근한 이불처럼 따뜻한 말에 고슴도치는 스르륵 잠이
들었어요. 포근한 그 말을 솜이불처럼 덮고, 고슴도치는 겨울 내내
평온했습니다.

나에겐 내가 있지만 너를 기다려

내게 와준
고마운 것들

～～～～～～～～～

작은 마당이 있는 사직동 한옥에서 살았던 시인 조은. 그녀는 자주 얻어맞는 주인집 개 '또또'를 매일 봅니다. 시인은 친구처럼 놀던 황구 '마루'를 아빠가 친구들과 함께 보신용으로 잡아먹었다는 사실을 안 후, 개와 가까워지는 걸 두려워했어요. 그래서 주인집 또또를 못 본 척 외면했습니다. 하지만 결국 주인에게 버려진 또또는 운명처럼 시인에게 왔어요.

자주 발에 채이고 몽둥이로 얻어맞은 경험 때문이었을까요. 어른 남자만 봐도 기겁하며 도망가고, 학대받고 자란 탓에 자신의 고통을 그저 인간을 무는 것으로밖에 표현할 줄 몰랐던 또또는 아주 많이 아팠습니다.

시인은 또또가 사람이었다면 신경정신과에서 수없이 약을 처방

받았을 거라고 말하죠. 동물 병원의 수의사조차 아픈 또또가 얼마 살지 못할 거라고 말했어요. 하지만 그들은 함께 살아요. 좋은 일도, 나쁜 일도, 슬픈 일도, 기쁜 일도 나누며 부대끼고 살죠.

시인이 말해요.

개와 함께 살면 문득 일생이 평화로울 것 같다는 생각을 하게 된다고요. 그래서 혼자 사는 젊은이가 개와 너무 밀착해 사는 걸 가끔은 불안한 시선으로 바라보게 된다고 말합니다. 함께 사는 개에게서 얻는 정서적 위안과 평온을 변덕스러운 인간관계에서는 느끼기 힘드니까요.

또또는 여러모로 주의를 필요로 하는 개였어요. 마음이 아픈 개였으니까요. 시인에게 또또는 살아 있는 존재가 느낄 수 있는 온갖 종류의 고통에 대해 생각하게 만드는 친구였죠.

제가 일하는 작업실 근처에는 동물 병원이 많아요. 유리벽 뒤에는 사랑스러운 강아지들도 참 많습니다. 하지만 강아지 역시 언젠가 늙어요.

예쁘고 귀여울 때 그 존재를 사랑하는 건 쉽습니다. 그러므로 우리가 사랑에 관해 진심을 말할 수 있을 때는 내 옆의 존재가 더 이상 예쁘지 않고, 늙고 힘이 없을 때일 거예요. 개나 사람이나 살아 있는 존재는 모두 같습니다. 마음의 상처는 사라져 없어지는 게 아니에요. 그것은 다만 시간에 묻히고 희미해질 뿐이죠.

얻어맞고 밟히던 시절의 악몽이 떠오를 때면 또또는 귀를 세우고 이를 드러냈지만, 그래도 온 힘을 다해 시인 곁에 있어주었습니다.

그 세월 동안 한결같이 내 곁에 있었던 존재는 상처 받은 채 내게로 왔던 작은 개 또또였다. 사람들과 나누는 마음은 여러 이유로 변덕이 잦았지만, 또또만이 고른 마음으로 내 옆에 있었다. 잡종 개였던 또또만이 내가 누구와도 나눌 수 없었던 슬픔도 묵묵히 덜어내 줬다. 또또는 한 번도 내게 싫증을 내지 않았고, 죽을 때까지 나의 시시한 면면을 누설하지 않았고, 인간을 통해서는 줄일 수 없었던 나의 아픔을 조용히 나눠 가지면서도 불평 한 번 하지 않았다. 같이 사는 동안 내게 기쁜 일도 있었지만, 그런 일이 생기면 나는 밖으로 나도느라 우리가 같이 있는 시간은 줄어들었으니 나만 바라보고 살았던 또또는 외로웠을 것이다. 그처럼 나는 삶이 내게 주는 무게를 또또를 통해 덜어내곤 했지만, 같이 사는 동안엔 그 사실을 제대로 의식하지도 못했다. 뒤늦게 그걸 알고 뭉클뭉클 솟구치는 고마움을 느꼈을 때 또

또는 이미 폭삭 늙어버린 뒤라 우리 앞에는 안타까운 시간
만 남아 있었다.

___조은, 「또또」

내 곁에 있는 것만으로도 위로가 되는 존재가 있다면 그것을 사
랑 이외의 것으로 말할 도리가 있나요?

또또는 아픈 개였습니다. 하지만 시인은 또또를 사랑했어요. 이
런 상태라면 오늘 밤에 당장 죽는다 해도 이상할 게 없다는 수의사
의 말이 틀렸다는 걸 사랑이 증명한 거예요.

또또는 그렇게 사직동에서 17년을 살았습니다.

흘러간,
놓아준 것들

시인이자 심리 연구가인 질 비알로스키는 스물한 살이었던 동생을 자살로 잃었습니다. 이 책에 부제로 등장하는 '자살 생존자'란, 자살로 가족이나 친구 등 가까운 사람을 잃어버린 사람을 뜻해요. 그녀는 동생의 무덤 앞에 서서 생을 관통하는 질문을 던져요.

어째서 나는 동생의 죽음을 막지 못했는가.

동생의 죽음을 이해하기 위한 힘든 여정이 시작됩니다. 우여곡절 끝에 그녀가 도착한 곳은 자살 연구 분야의 최고 권위자인 슈나이더만 박사의 연구실이었죠. 박사는 그녀에게 심리부검을 하는 이유에 대해 이렇게 설명합니다.

"고통을 찾아내기 위해서입니다. 자살이란 심리적 고통입니다. 하지만 미리 경고를 드려야 하겠군요. 답이 없을지도 모릅니다."

자살은 누구에게나 돌이킬 수 없는 슬픔이에요. 특히 사랑하는 사람의 자살은 슬픔의 다섯 단계나 그 어떤 이론으로도 설명할 수 없는 슬픔입니다. 슬픔은 곧 다양한 감정들과 섞이죠. 우울과 분노, 과거에 대한 불안은 물론이고 죄책감 역시 뒤섞여요. 그때부터 과거로 끊임없이 되돌아가 잘못되었던 것을 수정하고 싶은 욕구가 지옥처럼 반복됩니다. 이런 일이 벌어지고 나면, 애초에 우리가 알고 있다고 확신했던 그 모든 것들이 뿌리째 흔들려요.

갑자기 한쪽 다리로 걸어야 한다면? 불현듯 오른쪽 눈이 전혀 보이지 않는다면?

그렇게 된다면 세상은 어떻게 바뀔까요?

만약 숨 쉬는 방법을 의식적으로 기억해야 한다면, 우리는 제정신으로 살아갈 수 있을까요?

흘러가는 시간을 1초, 1초마다 인식한다면 시간은 우리에게 어떤 흔적을 남길까요.

감당할 수 없는 시간 속에 불시에 버려진 사람들은 비로소 행복의 정의를 새로 말할 수 있게 됩니다. 행복은 평온한 순간이 지속되는 것이 아니라, 그저 행운이 멈추기 전까지의 상태일 뿐이라고요. 하루는 이제 24시간이 아니라 8만 6,400초에 가까워집니다. 일상적인 시간의 단위가 바뀌고 감촉이 달라져요.

사랑하는 사람을 잃는 일은 얼음뿐인 남극의 빙하 위에 맨발로 홀로 서 있는 것보다 더 두려운 일이죠.

초 단위로 느껴지는 악몽 같은 시간들 속에서 그녀는 질문합니다. 어째서 어떤 사람에게는 극복할 수 있는 문제가, 어떤 사람에게는 죽을 만큼 힘들었던 걸까?

> "가스레인지에 올려놓은 뜨거운 주전자를 우연히 만지면 생각도 하기 전에 우리 몸이 반응해서 바로 손을 떼잖아요? 내 동생은 내면의 고통이 너무 심해서 즉각적으로 자기를 보호할 수가 없었던 거예요. 우리 몸은 무엇보다 살기를 원하죠. 당신 여동생이나 내 남동생은 어둠 속에 사느라 그런 본능적인 보호를 못 받았던 겁니다."

남동생을 잃은 또 다른 자살 생존자의 증언을 통해, 그녀는 동생의 상태를 더 깊이 이해하게 돼요.

> 이제 막 슬픔에 빠져든 사람들을 보면 이렇게 말해주고 싶다. "걱정 말아요, 아픔과 고통을 이겨내지는 못하겠지만 거기에 익숙해질 거예요."

_____ 질 비알로스키, 『너의 그림자를 읽다』

'통증은 살아 있음의 증거'라는 말을 자주 썼던 저를 기억합니다. 하지만 누군가의 죽음 앞에서 속절없이 무너진 마음을 바라봐야 했어요. 불과 얼마 전까지, 매주 만나 웃으며 책과 음악과 사랑에 대해 이야기하던 사람이 영원히 사라져버렸다는 걸 전혀 실감할 수 없었으니까요.

2017년 12월 18일 월요일 오후 일곱 시 삼십 분, 종현의 사망 소식을 들었습니다. 그날 저는 어딘가에 부딪치고 말았어요. 이튿날, 커다란 멍이 생긴 무릎을 바라보다가, 저 푸른 멍들은 어디로부터 흘러와 이처럼 슬픔을 호소하나 싶었어요.

오랜 시간 언어를 다루면서 다독이며 살았지만 '슬프니까 슬프다'라는 동어반복 외에는 어떤 말도 떠오르지 않았습니다.

처음 '푸른밤 종현입니다'에서 라디오 디제이와 게스트로 만났던 날, 그에게 앨범 한 장을 받았어요. 앨범 위에는 "백 작가님, 건강하세요"라고 적혀 있었습니다.

그가 '푸른밤'의 디제이를 그만두고 얼마 후, 저는 MBC 심야 방송 '라디오 디톡스'의 디제이가 되었습니다. 환한 얼굴로 초보 디제이의 출발을 응원해주던 그의 얼굴을 아직 기억해요. 방화범 이야기를 쓰고 있다며 소설에 대해 진지하게 이야기하던 모습도 눈에 선합니다. 방송을 마치고 그는 활짝 웃으며 제게 새 앨범을 내밀었어요. 그에게 받은 두 번째 앨범 위에는 반듯한 글씨로 이렇게 적혀 있었습니다.

"백 작가님, 꼭 건강하셔야만 해요!!!"

'건강하세요'와 '꼭 건강하셔야만 해요!!!' 사이, 아득해졌습니다. 살면서 많이 참아봤는데도, 울음을 참는 법이 조금도 기억나지 않았어요.

그가 준 CD에 담긴 노래를 저는 여전히 듣지 못합니다.
유독 글쓰기를 좋아했던 종현은 자신의 책 『산하엽』에 '흘러간, 놓아준 것들'이라는 부제를 달았습니다.
그렇게 그는 흘러갔고, 우리는 그를 놓치고 말았어요.

 산하엽이라는 꽃이 있습니다. 자그맣고 하얀 꽃인데, 이슬이나 비에 촉촉이 젖으면 꽃잎이 투명해진다고 해요. 신기하죠? (…) 꿈 같은 꽃입니다.

다음 날 눈이 내렸어요. 하늘이 이제 가벼워지고 싶다는 듯 정말 많은 눈을 던져내고 있었습니다.

돌이켜보면 종현과 함께한 모든 날이 좋았습니다. 밤의 자유로를 달려 도착했던 스튜디오도, 그의 목소리도, 음악도······. 지쳐 보였지만 힘을 내려는 명랑한 안간힘 역시 그랬죠.

내리는 빗소리가 누군가의 등을 토닥이는 소리 같다고 말하던 그에게 하고 싶은 말이 있습니다.

고생 많았어요.
이젠 편히 쉬어요.
그곳에서는 김종현으로 살아요.

하지만 나는······.
오래도록 슬플 겁니다.

나에겐 내가 있지만 너를 기다려

78세 나모씨의
유서

〰〰〰〰〰〰〰

사랑하는 사람이 죽으면 정말 그 사람은 나와 영영 이별하게 되는
걸까요?

　3남 1녀의 자식을 둔, 광주에 사는 78세 나모 할머니. 그녀는 암
으로 1년 넘게 투병 중이었어요. 말기 암 진단을 받은 후 호스피스
병원으로 옮길 즈음 할머니는 자식들 모르게 유서를 작성했습니
다. 할머니는 만딸과 세 아들을 호명하며, 등 두드리듯 위로하며 떠
나가셨다고 하네요.

　　자네들이 내 자식이었음을 고마웠네.

　　자네들이 나를 돌보아줌이 고마웠네.
　　자네들이 세상에 태어나 나를 어미라 불러주고

젖 물려 배부르면 나를 바라본 눈길에 참 행복했다네…….

지아비 잃어 세상 무너져,

험한 세상 속을 버틸 수 있게 해줌도 자네들이었네.

병들어 하느님 부르실 때,

곱게 갈 수 있게 곁에 있어줘서 참말로 고맙네…….

자네들이 있어서 잘 살았네.

자네들이 있어서 열심히 살았네…….

딸아이야, 맏며느리, 맏딸 노릇 버거웠지?

큰애야……. 맏이 노릇 하느라 힘들었지?

둘째야……. 일찍 어미 곁 떠나 홀로 서느라 힘들었지?

막내야……. 어미젖이 시원치 않음에도 공부하느라 힘들었지?

고맙다, 사랑한다, 그리고 다음에 만나자. (2017년 12월 엄마가)

___《국민일보》 2017년 12월 27일 기사

아프리카의 스와힐리족은 특별한 시간관념을 가지고 있습니다.

사람이 죽어도 누군가 그 사람을 기억한다면 그것을 '사사(sasa)'라고 하고요. 기억해줄 사람마저 모두 죽어 더 이상 자신을 기억하는 사람이 없을 때라야 비로소 '자마니(zamani)'의 시간으로 들어간다고 해요.

우리는 지금 살아 있어도 이미 죽었을 수도 있고요. 이미 죽었어도 여전히 살아 있을 수 있습니다. 스와힐리족의 문법대로라면 사랑했던 기억을 많이 주고받는 것이야말로 진정 오래 사는 것이죠.

사랑하는 사람의 편지 속 글자가 그의 손가락처럼 느껴질 때가 있어요. 쓰다듬고 토닥이던 따뜻한 손처럼 말이죠.
사람은 떠나도 기억이 죽지 않는다면, 빛나는 달처럼 어둠 속에서도 우리를 비출 거예요.

별 헤는
밤

∿∿∿∿∿∿∿∿∿

오은의 시 「별 볼 일 있는 별 볼 일」은 "별달리 할 일이 없으니 이별
에 대해 말하려 해. 이 별에서 벌어졌던 이별에 대해"라는 문장으
로 시작됩니다. 아무리 봐도 "이 별에서 벌어졌던 이별"이라는 말
이 제게는 말장난으로 느껴지지 않았어요. 별을 보면 늘 아프게 떠
나보냈던 그리운 얼굴들이 가득하니 말이죠.

천문학자 이명현의 책 『별 헤는 밤』에서 북두칠성에 대한 글을
읽었어요.

북두칠성은 밤을 지새우면 어느 순간 꼭 볼 수 있는 별자리이지
만, 초저녁 무렵에 보려면 봄철이 제격이라고 하네요. 별자리에는
저마다 전설이 있습니다. 누구나 별을 올려다보며 많은 것을 상상
했으니 다양한 이야기들이 생긴 거죠. 흥미로운 건 별자리에는 유

독 죽음과 관련된 이야기가 많다는 겁니다.

과학자들에게 칼 세이건의 『코스모스』는 영원한 고전이죠. 그 책을 읽고 감동받아 과학자의 꿈을 꾼 '코스모스 세대'라는 말이 있을 정도니까요. 『별 헤는 밤』에도 칼 세이건이 등장합니다. 우주의 나이는 137억 년. 박사는 우주의 나이를 쉬운 비유를 들어 설명해요. 우주의 역사 137억 년을 지구의 1년으로 축약한 거죠.

우주가 탄생한 지 얼마 지나지 않은 1월 24일 첫 번째 별과 은하가 등장한다. 태양계는 가을이 시작되는 9월 9일에, 지구는 9월 14일에야 그 모습을 드러낸다. 지구에 첫 생명체가 탄생한 것은 9월 30일 무렵이다. (…) '슈퍼스타' 부처님과 예수님은 12월 31일 밤 11시 59분 55초와 56초에 차례로 태어난 우주 쌍둥이라고 할 수 있겠다. 현대 천문학은 31일 자정을 불과 0.2초 남긴 때에야 시작되었다. 그렇다면 우리는 유구한 우주의 시간 속 정말 찰나를 살아가고 있는 것이다.

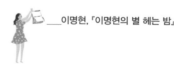

___이명현, 『이명현의 별 헤는 밤』

137억 년이라는 우주의 나이를 생각하면, 한두 살 많고 적음이 무슨 상관이며 서로가 구별되고 구분 짓는 게 무슨 소용일까요.

　밤하늘의 별을 보며 가닿고 싶은, 그리운 땅의 지명을 호출해봤습니다.
　한라에서, 백두에서 문득 바라본 별빛은 어떨까 상상하면서.

나에겐 내가 있지만 너를 기다려

내 영혼아,
⋮
조용히 앉아 있자

종이
피아노

〜〜〜〜〜〜〜〜〜〜

소설가 한강의 산문집 『가만가만 부르는 노래』에서 제가 가장 좋아하는 에피소드는 종이 피아노에 관한 이야기입니다. 한강의 아버지는 소설가 한승원입니다. 그는 교사로 일했다고 해요. 하지만 그 시절 어린 딸에게 피아노를 사주기에는 형편이 어려웠던 모양이에요.

마침내 피아노 학원에 보내달라고 어머니에게 말했을 때, 어머니는 대답하지 않았다. 그날부터 나는 며칠 동안 어머니 뒤를 따라다녔다. 마당에서 빨래를 널고 계시면 그 옆에 쪼그려 앉아 있고, 빈 빨래 바구니를 들고 집으로 들어가시면 그림자처럼 뒤따라가 부엌에 서 있었다. (…)

곤혹스러운 며칠이 지난 뒤, 마침내 어머니는 꽥 소리를 지르셨다. 안 된다니까! 우리 형편에. (…)

얼마 뒤 나는 문방구에 가서 10원을 주고 종이 건반을 샀다. 책상에 네 귀퉁이를 압정으로 붙여놓고, 학교에서 간단히 배운 대로 노래를 연주했다. 물론 아무 소리도 들리지 않았지만 고개를 까닥거리며 신나게 쳤다.

___한강, 「가만가만 부르는 노래」

사정을 들여다보면, 작가의 집 형편이 나아진 건 중학교 2학년 가을부터입니다. 마루에 큰 소파가 들어오고, 아저씨들 몇이 와서 낡은 싱크대를 떼어 흰색 나무 문이 달린 싱크대를 설치했습니다. 그해 봄 중학교 3학년에 올라가기 전, 부모님은 그녀를 안방으로 불러요. 그때 아버지가 그녀에게 말하죠.

이제 피아노를 시작해도 좋다!

그녀는 부모님의 제안에 어리둥절했다고 고백합니다. 온통 피아노 생각뿐이었던 3, 4년 전이었다면 뛸 듯이 기뻤겠지만, 지금은 피아노에 대한 갈망이 이미 사그라든 후였거든요. 이제 혼자서 읽는 아름다운 시나 소설이 피아노를 대신하게 됐으니까요.

씩씩하게 괜찮다고 말합니다. 피아노는 이제 배우고 싶지 않다고요. 시간도 없고 연합고사도 준비해야 하니 시기가 적당하지 않은 것 같다고 설명합니다.

그때 그녀를 바라보던 어머니의 눈에 눈물이 맺혀요. 피아노를 배우고 싶어서 뙤약볕 속에 쪼그려 앉아 엄마의 얼굴을 한없이 바라보고 있을 때는 냉정하게 입을 꾹 다물고 있던 엄마가 웁니다.

"네가 배우기 싫어도, 엄마 아빠를 위해서라도 1년만 다녀줘라. 안 그러면 한이 돼서……."

부모님의 마음을 아프게 하려는 반항이 아닌, 그저 아이다운 낙천성이었어요. 그런데 시간이 많이 흐른 뒤 작가는 어머니에게 이런 말을 듣습니다. 네가 종이 건반을 두드리는 모습을 보던 때가, 그 시절 가장 힘든 순간이었다고.

가만가만 생각했어요.
부모는 평생 아이에게 강해질 수 없겠구나.
누군가를 사랑하는 일은 이토록 약해지는 일인가 봅니다.

내 영혼아, 조용히 앉아 있자

그냥 흘러넘쳐도
좋아요

~~~~~~~~~

한때 눈물이란 한 번 울고 나면 상황을 잊게 하는 모르핀 같은 것이라고 생각했어요. 울고 나면 시원해지는 그 감정을 '카타르시스'라는 그리스어로 명명한 사람은 아리스토텔레스입니다. 카타르시스는 그의 『시학(詩學)』에 나오는 말로 정화를 뜻하죠. 비극을 보며 흘리는 눈물이 마음을 순화해 평정심을 갖게 한다는 뜻이고요.

사람이 평생 우는 시간은 얼마나 될까요? 영국의 한 육아 전문 웹사이트에서 3,000명의 여성을 대상으로 조사한 연구 결과가 있어요. 생후 12개월의 아기는 하루 3시간, 세 살이 되기까지 하루 평균 2시간을 웁니다. 열 살까지 일주일에 평균 2시간 12분, 10대에는 2시간 13분, 20대 이후에는 2시간 14분. 우리가 78.5세까지 산다고 가정하면 인생의 16개월 동안 운다는 결론이 나와요. 16개월이나 운다고 생각하면 참 긴 시간이에요.

우리 말에 '속상하다'라는 절묘한 표현이 있죠. 내 몸속이 '상한다'라는 뜻인데 괴롭고 슬픈데도 눈물을 밖으로 밀어내지 못하면 몸속의 울음이 우물처럼 고여 썩을 수 있다는 뜻일 거예요. 그렇게 보면, 속이 쓰릴 때 나오는 위산이나 스트레스 호르몬이라는 코르티솔도 어쩌면 눈물의 다른 형태가 아닐까 싶습니다.

만약 누군가 내 앞에서 울고 있다면, 흐르는 눈물은 그 사람이 나를 믿고 있다는 증거가 되기도 합니다. 때로는 약함을 내보일 수 있는 게 진짜 용기니까요. 가끔은 그냥 흘러넘쳐도 좋아요.
맑은 날만 계속되면 사막이 된다죠. 비 온 후, 우리가 가장 아름다운 무지개를 볼 수 있는 것도 그런 까닭일 거예요.

내 영혼아, 조용히 앉아 있자

내 영혼아,
조용히 앉아 있자

~~~~~~~~~~

제게는 몇 가지 직업병이 있습니다. 좌골 신경통은 너무 오래 앉아 있어서, 건초염은 컴퓨터 자판을 너무 많이 쳐서 생긴 증상입니다. 긴 시간 정형외과에 다녔어요. 하지만 병원에 다녀도 증상이 좋아지지는 않더군요. 손은 치료하면 잠시 좋아졌다가 다시 나빠지고 점점 악화됐어요.

제 하소연을 듣던 한 친구가 노트북과 마우스를 바꿔야 한다고 충고했어요. 며칠 후 그에게서 이메일이 왔습니다. 메일에는 노트북, 키보드, 마우스의 장단점이 일목요연하게 정리되어 있었습니다. 현지 구매, 공동 구매, 해외 직구 등 온갖 경우의 수도 적혀 있었고요.

'키보드계의 한석봉'이라니! 웃음이 터져 나왔어요.

고마웠습니다. 하지만 이해하기 어려운 용어나 컴맹인 저를 타박하는 말투에 좀 섭섭하기도 했어요(디지털계의 네안데르탈인이라는 제 별명을 세 번이나 외칠 것까지는……).

시간이 지날수록 충고나 도움보다 공감과 위로 쪽에 마음이 기웁니다.

"많이 속상했겠다. 힘들어서 어떡해?"

"나는 지칠 때 단 거 먹으면 좋더라. 마카롱이나 사 갈까?"

말없이 손을 잡고, 제 서툰 이야기를 끝까지 들어주는 친구에게 마음이 가요. 마음이 힘들 때 "힘내"라고 말하는 사람보다 "넌 쉴 자격이 있어"라고 말해주는 사람, 혼자 있을 제가 외로울까 마음이 쓰여 없는 시간이나마 내어주는 친구들 말이죠.

상대가 울고 있습니다. 그를 안아주는 것이 더 도움이 될까요. 아니면 혼자 있게 해주는 것이 더 좋을까요?

생텍쥐페리의 어린 왕자는 말했습니다.

"눈물의 나라는 그처럼 은밀한 곳이야."

한 사람의 경험 속에는 이해할 수 없고 가늠을 수 없는, 익명인 채로 남아 있는 감정이 때때로 있습니다. 그 사람은 자신이 실제로 그 순간에 어떤 느낌인지, 무엇을 필요로 하는지 모릅니다. 그럴 때는 단순히 그 내면의 신비를 존중해주

는 것이 지원일 수도 있습니다. 달리 도울 방법을 찾을 수 없습니다. 그저 햄릿처럼 이렇게 말할 수 있을 뿐입니다.

"내 영혼아, 조용히 앉아 있자."

___데이비드 리코, 『나는 왜 이 사랑을 하는가』

화가 난 애인을, 연인을 잃고 힘들어하는 친구를, 네 계절 치열히 준비했던 식당을 접어야 하는 후배를 어떻게 위로해야 할지 모르겠다는 얘기를 듣습니다.

그럴 때는 그저 그 사람 곁에 있어주세요. 말은 하지 않아도 됩니다. 말에는 특유의 온도가 있어서, 약해진 사람에게는 얼음처럼 박힐 때가 많아요. 그러니 말 대신 따뜻한 차 한 잔을 권하는 것도 좋을 거예요. 차 한 잔의 온도만큼 그 사람은 당신의 마음을 몸으로 느낄 테니까요.

가장 좋은 건 그냥 안아주는 겁니다. 가장 큰 위로는 말이 아니라 함께한 많은 '그냥'들로 증명됩니다. 뚜벅뚜벅, 시계 초침이 말 없는 방 안을 걸어 다니는 소리가 들립니다. 소리의 발자국들이 눈에 보일 듯해요.

가만한, 시간이 흐릅니다.

침묵은 정적과 달라요. 침묵은 말이 없는 상태를 의미하지 않습니다.

이때의 침묵은 사방을 투명하게 만들어 당신의 아픈 마음을 더 잘 들여다볼 수 있게 하니까요. 이럴 때의 침묵은 그저 흘러넘쳐도 좋아요.

햄릿처럼 한 번 더 말해봅니다.

"내 영혼아, 조용히 앉아 있자!"

기도는
나에게 건네는 위로

～～～～～～

눈 오는 성탄절이면 가끔 성당에 갑니다. 부처님 오신 날에는 등산을 하고 절에 가기도 하고요. 언젠가 크리스마스 즈음 길에서 "아기 예수님의 탄생을 축하드립니다"라는 현수막을 보고 슬며시 웃기도 했어요. 그 밑에 '대한불교 조계종'이라고 적혀 있었거든요. 풍경 소리만 들리는 고즈넉한 절에서 눈을 감고 기도했던 기억도 나네요.

> 위험으로부터 벗어나게 해달라고 기도하지 말게 하시고
> 위험에 용감히 맞설 수 있게 해달라고 기도하게 하소서.
> 고통을 멎게 해달라고 기도하지 말게 하시고
> 고통을 극복할 용기를 달라고 기도하게 하소서.
> 이 세상의 싸움터에서 동조자를 찾게 해달라고 기도하게

하지 마시고

　인생과 싸워 이길 스스로의 힘을 달라고 기도하게 하소서.

　근심스러운 공포에서 구원해달라고 기도하게 하지 마시고

　자유를 얻을 인내를 달라고 기도하게 하소서.

　겁쟁이가 되고 싶지 않나이다.

　성공 속에서만 당신의 은혜를 느끼는 비겁한 자가 아니라

　실의에 빠졌을 때야말로 당신의 귀하신 손을 잡고 있음을

알게 하소서.

___타고르, 「기도」

　그때는 기도하고 싶은 게 많았어요. 올해에는 꼭 작가가 되게 해달라고, 더 정확히 말하면 더 이상 문학상 공모에 떨어져 최다 낙선자라는 오명을 쓰고 싶지 않다고 기도했던 기억이 나네요. 문학상을 받고 싶고, 신문에 이름이 나고 싶고, 언젠가 집을 사고 싶다는 기도도 했습니다.

　더 이상 하고 싶은 말이 없어서 '끝'이라고 한 글자만 쓴 사표와 '일신상의 이유로 사직하고자 합니다'라고 쓴 사표 두 장을 주머니 속에 넣고 다닐 때라, 제발 쉬고 싶다는 기도도 했죠. 하지만 로또에 당첨되어 세계 여행을 하고 싶다는 기도를 가장 길게 했던 것

같네요. 왔다 갔다, 갈팡질팡, 나조차 나를 잘 몰랐던 시절이었죠.

살면서 많은 장애물들에 부딪혔어요. 돈이 더 있었다면, 외국어를 잘했다면, 나이가 조금 더 어렸다면, 아파트 대출금을 갚는 대신 나를 위해 월급을 쓸 수 있었다면, 더 먼 곳까지 갔을 텐데, 지금보다 더 괜찮은 사람이 됐을 텐데 하는 생각을 종종 했습니다. 하지만 늦잠을 자고 허둥대다 티셔츠를 뒤집어 입고 출근했던 어느 날, 긴 엘리베이터 줄 앞에서 깨달았어요.

바로 그 장애물 자체가 내 삶이라는 걸요.

어차피 계획대로 되는 일은 하나도 없었습니다. 그렇게 저는 점점 새해 계획을 세우지 않는 사람이 됐어요. 이제는 나를 위해 무엇을 달라는 기도도 하지 않으려 애씁니다. 지금 가진 걸 지키기에도 벅차거든요. 그래도 무언가를 바라지 않는 기도는 언제나 쉽지 않네요. 그래서 제게 처음과 마지막 기도는 늘 같습니다.

가장 큰 기도는 그것이 어떤 것이든 절망해 휩쓸리기보다 조금 더 나은 것을 선택할 수 있는 힘과 지혜에 맞춰져 있어요. 기도는 말과 함께 진심을 다한 행동이 깃들어야 한다는 것을 점점 알아갑니다.

바라는 것을 말하기 전에, 내려놔야 할 것이 무엇인지 먼저 묻는 마음이 필요하다는 것도 배워요. 기도가 원하는 모든 것을 얻게 해주는 건 아닙니다. 오히려 이 길이 내 길이 아니라면 포기하고 다른 길로 갈 수 있는 지혜를 달라고 기도해야 합니다. 포기가 실패의 동의어는 아니니까요. 가다가 멈출 줄 아는 게 더 큰 용기예요.

기도는 원하는 것을 이루게 하는 것이 아니라, 자신의 마음을 되돌아볼 수 있게 해주고 우리에게 내적으로 흔들리지 않는 평정심을 가져다줍니다. 그것은 최선을 다한 사람만이 받을 수 있는 기도의 응답이고요.

어쩌면 기도는 나에게 건네는 위로라는 생각이 들어요. 바른 삶이 좋은 기도를 가능하게 해주니까요.

365일과
36.5도

~~~~~~~~~~~~~~

감정에도 온도가 있을까요? 만약 감정에 온도가 있다면 슬픔과 공허함은 몇 도일까요? 기쁨은요? 김병수의 책 『감정의 온도』는 이런 의문에서 시작됩니다.

핀란드에서 773명에게 감정을 자극하는 영화를 보여주고 난 뒤 전신 체온을 측정했는데요. 느끼는 감정에 따라 체온이 모두 달랐습니다. 몸 전체가 따뜻해지는 감정은 '행복'이었고 '우울'은 체온이 낮았습니다. 두려움, 역겨움, 부러움, 부끄러움 등 각각의 감정 상태에 따라 체온 분포 패턴이 다르게 나타났습니다. 이처럼 감정의 온도를 조절하는 것은 체온을 조절하는 것과 비슷하다고 여겨도 무방합니다.

___김병수, 『감정의 온도』

정신과 의사인 그는 감정의 온도를 알기 위해서는 한 사람이 어떤 하루를 보내는지 관찰해보면 된다고 말해요. 뜨거운 사람은 가만있지 않고요. 사랑을 향해 달려가고 세상 속으로 파고든다고 하네요.

뜨거운 연애라는 말을 뜻하는 열애는 36.5도인 두 사람이 만나 73도가 아니라 100도까지 끓어오르는 일이죠. 이 세계의 모든 존재가 날아오르기 위해서는 얼마간 뜨거워져야 합니다. 나비에게 그 온도는 30도라고 해요.

뜨거웠다 차가웠다 자신도 종잡을 수 없다면 지금 당신은 불안한 것이고요. 온몸에서 따스한 온기를 느끼고 이 순간이 영원하길 바란다면 지금 당신은 행복한 상태입니다. 삶에서 아무런 온도가 느껴지지 않는다면 우울한 것이고요.

감정의 온도를 높일 수 있는 방법을 안다면 사는 데 한결 도움이 되겠죠. 책에 나오는 방법 몇 가지를 소개할게요.

오후 두 시의 햇볕을 받는 일.

따뜻한 나라로 여행을 가는 일.

물기 있고 온기 있는 음식을 나눠 먹는 일.

내 영혼아, 조용히 앉아 있자

마음이 따뜻해지는 영화나 그림을 보는 일.

사랑하는 사람을 안아보는 일.

고맙다고, 고마웠다고 다시 한 번 더 말해보는 일.

《미국 의사협회 정신의학 저널》에 실린 한 연구에 의하면, 우울증 환자 29명을 각각 따뜻한 통에 들어가게 한 후 그들의 심부 체온을 38.5도까지 높였더니 일주일이 지난 뒤부터 항우울제를 복용한 것처럼 우울증 증상이 나아졌다고 해요. 목욕으로도 감정의 온도를 높일 수 있다니, 당장 시도해보세요.

책에서는 감정 중에 전염성이 가장 큰 것은 외로움이라고 해요. 외로운 친구를 곁에 두면 외로워질 확률이 무려 40~65퍼센트나 높아진다는 거예요. 외롭지 않은 사람을 세 번 거쳐야만 외로움의 전염을 막을 수 있다고 합니다.

마지막으로 재밌는 테스트를 발견했어요. 바로 '브로콜리 테스트'라는 것입니다.

브로콜리 테스트를 해보면 감정적 허기와 정상적인 허기를 쉽게 구분할 수 있습니다. 배고픔이 느껴질 때 "지금 나는 너무 배가고파서 브로콜리라도 먹겠다!"라는 물음에 "네"라고 답한다면 그

건 육체적인 허기라고 해요. 하지만 "아니요!"라는 대답이 나오면
그건 배가 아니라 마음이 고픈 거죠.

지금 배가 고프세요?
삶은 브로콜리라도 먹고 싶은가요?

마음이 힘든 날에는
왼손으로

〰〰〰〰〰〰

건물에 화재가 났을 때 사람들은 자기가 들어갔던 문을 통해 탈출하려고 시도합니다. 하지만 바로 그 이유 때문에 죽음에 이르게 되는 경우가 흔하죠.

비행기 비상착륙 시에도 마찬가지예요. 공포 상황에서 사람들은 더 빠르고 안전한 다른 출구를 찾는 게 아닌, 자신이 기존에 구축한 행동 양상에 의존하기 때문입니다.

고통, 이별, 인간관계 때문에 힘들어질 때 우리는 과거에 했던 방식대로 문제를 해결하려 하죠. 수전 데이비드는 이것을 감정의 경직성이라 부릅니다.

결국 나는 극적인 가출이라는 모험을 끝내고 그냥 집으로 돌아오고 말았는데, 그때까지 나는 동일한 블록을 끼고 몇 시간 동안이나 같은 길을 뱅뱅 돌았다. 우리 집 대문을 몇 번이나 그냥 지나치면서 말이다.

우리도 이와 마찬가지다. 우리도 이런 식의 행동을 반복한다. 자기가 살고 있는 삶의 블록을 끼고 몇 번이고 계속 돈다. 걸어서 돌 수도 있고 뛰어서 돌 수도 있지만, 어쨌거나 분명한 것은 자기에게 도움이 되지 않는 행동을 반복하거나 어떤 식으로든 존재하는 명문화되어 있거나 암묵적인, 그저 상상 속에만 있는 규칙들을 따르고 있다는 사실이다. 나는 사람들이 태엽을 감아서 작동시키는 장난감처럼 행동한다는 말을 자주 한다. 이 장난감은 똑같은 벽으로 가서 계속 부딪히지만 조금만 옆으로 가면 열린 공간이 있어서 부딪히지 않고 계속 나아갈 수 있음을 결코 알지 못한다. 우리 역시 이렇게 행동하며 살아가고 있다.

___수전 데이비드, 「감정이라는 무기」

  감정의 경직성은, 과거 언젠가는 내게 도움이 된 적이 있었지만 지금은 전혀 도움이 되지 않는 직관적인 판단을 당연한 것으로 받아들이는 습관 때문에 일어납니다. 가령 이런 거예요.

내 영혼아, 조용히 앉아 있자

'사람은 믿으면 안 돼, 사람은 절대 변하지 않아, 성공하는 유일한 길은 인맥을 활용하는 거야, 사랑에 빠지면 결국 나는 또 배신당할 거야……'

감정의 경직성은 다양한 심리적 질병의 원인이 됩니다. 정말 해결 방법이 없는 걸까요?

수전 데이비드는 감정의 민첩성이 중요하다고 말해요.

감정의 민첩성이란, 긴장을 풀고 더 분명하고 강력한 목적의식을 가지고 생활하는 것을 뜻해요.

생각하고 싶지 않아서, 행동하기 싫어서, 심리적 지름길을 찾아 과거에 행동했던 대로 패턴을 반복하고 있지는 않은가요? 만약 지금의 내가 마음에 들지 않는다면, 이제 상상 속, 자신만의 규칙대로 행동하고 있는 게 아닌지 스스로에게 물어야 합니다.

감정의 민첩성을 높이기 위해 제가 가끔 써보는 방법을 소개할게요. 만약 당신이 오른손잡이라면, 마음이 힘든 날에는 왼손으로 모든 것을 시도해보세요. 생각 없이 해치웠던 일들에 갑자기 복잡한 맥락이 생길 거예요. 문을 열거나 밥을 먹거나 양치질을 하고 글씨를 쓰는, 그 모든 일에서 말이죠. 그때 멈추고 자신의 무의식적 행동을 점검해보는 거예요.

다름과
틀림

～～～～～～～～

수상 소감을 즐겨 듣습니다. 몇 해 전 청룡영화상 여우주연상을 받은 배우 나문희의 수상 소감이 특히 기억에 남아요.

> "어머니의 하나님께 감사드리고, 나문희의 부처님께 감사
> 드립니다."

길상사에는 성모 마리아를 닮은 관음보살상이 있습니다. 관음보살을 닮은 성모상이라 해도 틀린 말은 아니죠. 이 조각상은 법정 스님의 요청으로 천주교 신자인 최종태 조각가가 만들었어요. 그의 조각은 전국의 많은 성당에서도 볼 수 있는데 길상사에서 멀지 않은 혜화동 성당에도 있습니다. 혜화동 성당의 성모상은 길상사의 관음상과 닮아 자매 같아요.

내 영혼아, 조용히 앉아 있자

세계적으로 종교, 인종, 빈부 갈등으로 사람들의 삶이 팍팍해지고 있어요. 한국도 예외는 아닙니다. 청년과 노인, 진보와 보수, 회사와 노동자의 갈등이 점점 심화되고 있으니까요.

'갈등'의 어원은 왼쪽으로 꼬아 자라나는 칡과 오른쪽으로 꼬아 자라나는 등나무의 비유에서 시작됐습니다. 갈등이 꼭 나쁜 것은 아니라는 뜻이죠. 갈등을 풀기 위한 노력은 종종 발전을 위한 토대가 되기도 하니까요.

사람이 살아가는 데 갈등이 없을 수 있을까요? 모두의 의견이 같다면 좋기만 한 세상이 올까요? 상대를 인정하지 않고 궤멸을 바라는 건 건강한 사회는 아닐 겁니다. 과도한 갈등과 증오는 서로의 올가미가 되어 둘 모두의 성장을 방해하니까요.

나무 한 그루를 두고도 숲지기는 숲에서 보호해야 할 유산이라 믿고, 솜씨 좋은 목수는 대들보에 쓸 좋은 목재라 믿습니다. 숲지기의 말처럼 베지 않는 것이 맞을까요, 아니면 목수의 말대로 베는 것이 옳을까요.

갈등에는 많은 원인이 있지만 가장 큰 건, 서로의 '다름'을 '틀림'으로 인식하는 데 있습니다. 우리 모두가 다른 존재라는 걸 인정할 때, 나의 다름도 존중받을 수 있습니다.

같은 산을 두고도 북쪽에 사는 사람들은 남산이라 부르고, 남쪽에 사는 사람들은 북산이라 부릅니다. 잎과 함께 꽃이 피는 철쭉도 아름답고, 꽃이 피고 잎이 나오는 진달래도 아름다워요. 새는 왼쪽과 오른쪽 양쪽 날개로 납니다. 엄마의 하나님과 딸의 부처님도 그렇게 악수를 나눌 테죠.

'좋아요' 100개가
목표인 당신에게

~~~~~~~~~~

신문 기사에서 '카페인 우울증'이라는 신조어를 발견했어요. 우울
증 앞에 붙은 '카페인'은 약자로, 대표적인 SNS인 '카카오 스토리',
'페이스북', '인스타그램'의 첫 글자를 딴 겁니다.

　사람들은 말하죠. 외로워서 스마트폰을 켜고, 궁금해서 다른 사
람들의 세상을 바라보기 시작했다고요. 하지만 SNS를 하면 할수
록 더 외롭고 우울해진다고요.

　'좋아요'를 아무리 많이 받아도 바닷물을 마시는 것처럼 마음의
갈증이 채워지지 않는 건 왜일까요? 여기에는 흥미로운 심리학적
이유가 존재해요.

　사람은 비교하는 것을 좋아할 뿐만 아니라, 비교하기 쉬운 것끼
리 비교하는 것을 더 좋아한다는 겁니다. 쉽게 말해 나이, 직업, 가
치관이 비슷한 사람들과 자신을 비교하는 걸 훨씬 좋아하죠.

작가는 다른 작가들과 자신을 비교합니다. 회사원은 다른 회사원과 자신을 비교하죠. 스케이트 선수가 자신의 삶을 영국의 여왕이나 중동 갑부와 비교하며 한탄하진 않죠.

SNS 설계자들은 심리학의 달인들입니다. 그들이 만든 알고리즘은 비슷한 사람을 자석처럼 끌어당겨요. 친구, 친구의 친구로 뒤엉킨 관계 속에서 서로가 서로를 끝없이 비교하게 만들죠.

그뿐인가요? 비슷한 만큼 쉽게 친밀해지고, 친밀한 만큼 세세한 부분까지 비교하게 만듭니다. 당연히 그곳은 질투와 그에 따른 좌절이 넘치죠. 죽은 셰익스피어가 살아서 벌떡 일어나 지금의 SNS를 봤다면 틀림없이 질투와 시기에 관한 희곡을 썼을 거예요.

『페이스북 심리학』을 읽다가 흥미로운 문장을 읽었어요.

> 그날 저녁 샘은 페이스북에 들어갔다가 리사가 자신의 '가족 및 결혼/연애 상태'를 "약혼"에서 "연애 중"으로 바꾸었음을 발견했다. 더욱 놀랍게도 "~와 연애 중"이라는 표시 옆에 더 이상 샘의 사진이 없었다. 대신 샘과 가장 친한 친구의 사진이 있었다. 샘은 즉시 리사에게 전화를 걸었고, 리사가 샘의 가장 친한 친구와 지난 3개월 동안 사귀었으며 두 사람 모두 이제 그에게 알려야 할 때가 됐다고—그들

의 페이스북 상태를 바꾸는 방법으로—결정했다는 사실을 알아냈다.

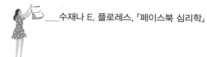

___수재나 E. 플로레스, 『페이스북 심리학』

　이것이 SNS시대의 이별법일까요? 만약 이런 식의 이별을 당한다면 우리의 마음은 얼마나 공허하고 황폐해질까요?

　많은 사람들이 SNS를 자신의 마음을 표현하는 일기장 같다고 생각합니다. 하지만 SNS란 깊숙한 서랍 속처럼 내 비밀을 보장해주지 않아요. SNS 안에서 우리는 솔직할 수 있다고 믿지만, 관객이 있는 무대인 그곳에서 우리는 어느새 자신을 화려하게 꾸미고 편집합니다. '실제의 나'가 아니라 '되고 싶은 나'를 보여주는 곳. 그곳이 SNS이기 때문이죠.

　무대 위에서 멋지게 연기하고 싶지 않은 사람이 있나요?

　포토샵으로 수정된 프로필 사진과 다크서클이 생긴, 지치고 주름진 실제 내 얼굴의 차이가 크면 클수록 삶의 균열은 조금씩 깊어집니다. 많은 심리학자와 과학자들이 행복한 삶을 위해 멀리해야 할 첫 번째로 스마트폰을 꼽는 것도 그런 이유 때문이에요.

　트위터의 창시자 잭 도시나 아마존 CEO 제프 베조스는 주말이면 스마트폰을 내려놓고 명상이나 하이킹을 한다고 하니, 어쩐지 배신감도 느껴지네요.

24시간 연결된 SNS 생태계의 설계자들이 가장 중요하게 생각하는 게 단절이라는 건 어떤 의미일까요. 연결은 단절을 전제할 때라야 비로소 의미를 가집니다. 너무 과한 소통은 필연적으로 고통을 만드니까요.

요즘 스스로 스마트폰, 소셜 미디어 중독인 것 같다고 생각하는 사람들이 많습니다. 이런 분들을 위해 재미있는 제안 하나를 해보려 해요. 《허핑턴 포스트》의 아리아나 허핑턴이 사용한다는 '폰 베드(phone bed)'인데요. 이 말을 듣는 순간 휴대폰도 밤에는 잠을 자야 한다는 생각이 들지 않나요? 이 책에서 소개하는 'SNS 중독에서 벗어나는 열 가지 방법'도 첨부합니다.

1. 포스팅을 하고 나면 페이스북에서 로그아웃하라.
2. 노트북이나 스마트폰의 모든 푸시 알람을 꺼라.
3. 잠자리에 들기 전 노트북을 끈 다음 스마트폰과 함께 다른 방에 두라.
4. 앞에 있는 사람에게 온전히 관심을 기울이고 그 사람에게도 그렇게 요구하라.
5. 목욕을 하라. 단 스마트폰은 밖에 두고.
6. 페이스북 확인을 하루에 세 번, 총 30분만 하라.

내 영혼아, 조용히 앉아 있자

7. 휴대폰이 터지지 않는 곳으로 주말에 여행을 떠나라.

8. 식탁 위에 바구니를 두고 식사 시간에는 스마트폰을 넣어두라.

9. 밤 아홉 시 이후에는 어떠한 전자기기도 사용하지 마라.

10. 오프라인 우정을 유지하는 데 똑같은 시간을 할애하라.

누군가를
믿는다는 것

~~~~~~~~~~~~

불우하고 가난한 도티라는 소년이 있었습니다. 소년은 동네를 걷다가 우연히 마술 가게를 발견해요. 호기심에 아이는 그곳에 들어가고 아들네 가게로 잠시 휴가 온 루스 할머니를 만나게 되죠. 할머니는 소년에게 2주 동안 이 시간에 찾아오면 삶을 바꾸는 진짜 마술을 알려주겠다고 약속해요. 소년은 할머니를 믿지 않지만 이상하게 마음이 끌려 다음 날에도 그 가게에 갑니다. 그 순간 그의 삶이 바뀌기 시작하죠.

"내 생각에는, 사람들이 실제로 거기에 있는 것을 보는 게 아니라 자기들이 거기에 있다고 생각하는 것만 보기 때문에 마술이 통하는 것 같아. (…)

내 영혼아, 조용히 앉아 있자

마음이란, 보게 되리라 기대하거나 예상하는 것만 본단다."

___제임스 도티, 『닥터 도티의 삶을 바꾸는 마술가게』

단 한 번도 사람을 믿을 수 없었던 소년이 할머니의 손을 꼭 붙잡습니다. 누군가를 믿는다는 것. 믿어본다는 것. 이것은 얼마나 두렵고 아름다운 일일까요. 세상에 대가 없이 누군가를 돕고자 하는 사람이 있다는 건 얼마나 뭉클한 일인가요. 아이를 구하기 위해 지하철 철로에 뛰어드는 사람, 배고픈 사람과 음식을 나누기 위해 자기 몫을 포기하는 사람, 자신의 재능을 기꺼이 나누는 사람들 말이죠.

소년은 외과 의사가 되어 몸이 부서지거나 망가진 사람들을 죽음으로부터 구해내는 일을 하게 됩니다. 그렇게 외과 수술이라는 진짜 삶의 마술을 현실에서 펼쳐요.

닥터 도티가 말합니다. 뇌는 강렬하게 상상한 경험과 진짜 경험을 구분하지 못한다고요.

장학금을 받지 못하면 의대에 다니기는커녕 당장 먹고사는 일조차 막막할 때, 그는 자신의 머리를 매일 훈련했어요. 루스 할머니의 말처럼 보고 싶고 기대하는 자신의 모습을 그렸습니다. 외과 의사가 되어 환자를 돌보는 모습을 말이죠.

그는 뇌가 지닌 또 하나의 불가사의는, 뇌가 낯선 것보다 익숙한 것을 선택한다는 점이라고 말합니다. 특정 형태의 차량을 사겠다고 생각하고부터 어느 순간 가는 곳마다 같은 형태의 차량을 보게 되는 것처럼요.

의도는 보이지 않던 것을 보게 합니다. 『시크릿』 같은 세계적인 베스트셀러가 말하는 것도 그런 것이겠죠.

하지만 닥터 도티가 배운 루스 할머니의 진짜 마술은 다른 것이었습니다. 그것이 닥터 도티의 직함을 이해할 수 있는 열쇠예요. 스탠퍼드 대학 신경외과 교수이며 '연민과 이타심 연구 및 교육 센터(CCARE)'의 창립자이자 소장이라는 긴 직함 말이죠.

자본주의는 우리를 개인으로 분리하기를 좋아해요. 대량 생산 메커니즘을 작동시키는 원리는 대량 소비이기 때문입니다.

세 명의 소비자에게는 세 대의 냉장고가 필요해요. 하지만 셋이 함께 살면 냉장고 한 대로 충분합니다. 공동육아로 아이를 키우면 장난감을 나눠 쓸 수 있고, 서로가 서로의 친구가, 이모가 되어줄 수 있어요.

과거, 우리에게는 함께 모여 사는 지혜가 있었어요. 전쟁 직후 배를 곯던 시절에도 친척 집에 가면 밥을 먹고 잠을 잘 수 있었습니다. 객식구라는 말은 낯선 단어가 아니었죠. 그것이 가난 공동체

였고 마을과 동네였습니다.

　닥터 도티는, 머리는 우리 자신을 차별화하라고, 내 것이면 무조건 손에 넣으라고 가르치겠지만, 마음은 우리를 연결하고 함께 나누고 싶어 한다고 주장합니다.
　수많은 환자들의 뇌를 절개했던 그가 말해요.
　우리 머릿속에 하루 종일 들리는 목소리, 쉬지 않고 떠드는 그 목소리는 실제 우리 자신이 아니라고요. 이타심은 '머리'가 아닌 '심장'에서 나온다고 그는 말합니다. 그게 바로 루스 할머니가 가르쳐준 마술의 진짜 비밀이었어요.

　　　우리가 행복하고 싶다면 다른 사람들을 행복하게 하면 된다. 우리가 사랑을 원한다면 우리가 사랑을 주어야 한다. 우리가 기쁨을 원한다면 다른 사람들을 기쁘게 해야 한다. 우리가 용서를 바란다면 우리가 용서해야 한다. 우리가 평화를 바란다면 우리 주변의 세상 안에서 평화를 만들어내야 한다. 만약 우리 자신의 상처가 치유되기를 바란다면 다른 사람들을 치유해야 한다.

　마음이 지쳐 쓰러지고 싶던 날, 친구를 향해 올먹이며 말했습니다. 마음을 열고 살아간다는 게 전부 다 상처라고요. 짧은 침묵 끝에 친구가 제게 말했습니다.

"맞아. 네 말처럼 누군가에게 마음을 여는 건 때로 상처가 될 때도 있어. 하지만 마음을 꽁꽁 닫은 채 살아가는 것만큼은 아니라고 생각해."

친구의 그 말을, 겨울 내내 따뜻한 목도리처럼 두르고 다녔던 기억이 납니다.

달라이 라마는 "친절은 나의 종교입니다"라는 아름다운 말을 했어요. 루스 할머니는 그걸 알았던 게 아닐까요. 대가 없이 그저 마음을 나눌 때 진정한 기쁨을 얻게 된다는 걸 말이죠. 어쩌면 그녀는 할머니의 모습으로 잠시 나타난 대천사였는지도 모릅니다.

내 영혼아, 조용히 앉아 있자

지구인에게는 ……………… 지구력이 필요합니다

지구인과
지구력

~~~~~~~~~~

피트니스라면 질색이었어요. 무거운 기구를 반복해서 움직이는 데 전혀, 조금도, 흥미를 느끼지 못했으니까요. 하지만 두 번째 장편 소설을 쓰고 난 후 손목 터널 증후군이 생겼습니다. 다섯 번째 소설을 탈고했을 때는 좌골 신경통이 생겼고요.

건초염 때문에 볼펜으로 자판을 찍어가며 소설을 썼다는 한 작가의 이야기도 위로가 되지는 못했어요. 극심한 고통은 다른 감정을 한꺼번에 덮어버렸으니까요. 소설의 마지막 절반을 '서서' 썼습니다. 앉으면 다리의 통증이 극심했어요. 다리가 저려서 밥도 서서 먹었으니, 이게 바로 직업병이겠죠.

2017년 봄, 처음으로 퍼스널 트레이닝을 시작했습니다. 근육을 키우는 데는 웨이트 트레이닝만 한 게 없다는 친구들의 충고를 받

지구인에게는 지구력이 필요합니다

아들인 거죠.

돈 많이 주고 벌 서는 기분! 제게 퍼스널 트레이닝이란 딱 그런 느낌이었습니다.

바벨을 무릎에 얹고 쪼그려 앉았다 일어나는 스쿼트를 30번씩 5세트를 하고 나면 다리가 후들거리다 못해 목에서 쇠 냄새가 밀려왔어요. 토할 것 같아 화장실로 달려간 적도 많았죠. 하지만 기계 체조 국가대표 상비군이었다는 트레이너는 제게 "웨이트만큼 재밌는 건 없다!"라는, 저로서는 전혀 공감할 수 없는 말을 했어요. 해병대 출신인 그는 구령 붙이는 데 선수였습니다. "하나, 둘, 셋!" 그의 목소리가 헬스장을 쩌렁쩌렁 울렸죠.

"버티세요! 10초만 더!!!"

그가 가장 많이 한 말은 "딱 세 개만 더!"라는 말이었습니다.
제가 가장 많이 했던 말은 "못해요! 정말 못하겠어요!"였어요.

트레이너의 "버티세요!"라는 말이 마법의 주문이라는 건 넉 달 후에나 알게 됐습니다. 곧 죽어도 못하겠다 싶을 때 버티며 했던 딱 그만큼씩만 체력이 늘었어요. 이 악물고 인상만 쓴다고 될 일이 아니었습니다. 어느 부위의 근육에 통증이 생겨야 정확히 운동이 되고 있는지 아는 것도 중요했으니까요. 아! 이래서 사람들이 굳이 비싼 돈을 내고 전문가를 찾는구나 싶었습니다. 덤벨이 무거워지면서 역설적으로 제 몸은 가벼워졌으니까요.

"조금만 더 버티세요!"라는 트레이너의 말은 제게 임계점에 대한 삶의 은유로 다가왔습니다.

섭씨 99도가 되어도 물은 절대 끓지 않아요. 나머지 1도가 더 필요하니까요. 우리 삶도 그런 게 아닐까 싶습니다.

제가 느낀 깨달음이 하나 더 있어요.

한 번만 하는 웨이트 운동 같은 건 세상에 없다는 거죠. 무조건 3세트, 5세트씩은 반복해야 합니다. 반복의 반복이 이어지죠. 지루함을 견뎌야 하는 겁니다.

우리는 누구나 삶의 성취를 꿈꿔요.

"언제까지 이걸 붙잡고 있어야 할까요? 얼마만큼 해야 할까요?"라고 지친 얼굴로 묻는 사람들이 많습니다.

그 어깨를 토닥여주고 싶어요. 하지만 언제까지 견뎌야 할지는 저도 알 수 없어요. 다만 당신이 붙들고 있는 그것이 소설이라면, 조심스레 들려주고 싶은 저의 이야기가 있습니다.

지구인에게는 지구력이 필요합니다

소설이 좋아지는 순간은, 더 이상은 단 한 줄도 고치지 못할 것 같다, 라는 생각이 드는 순간입니다. 그때 눈 감고 딱 한 번 더 고칠 수 있다면, 소설은 좋아집니다.

비약적 도약이 아니라 점진적 발전인 것이죠.

진정한 재능이란 지루한 반복을 견디고 지속하는 힘이라는 생각이 드는 요즘이에요.

지구인에게는 지구력이 필요합니다.

버리는 삶과
버티는 삶

～～～～～～～～～

텔레비전 다큐 프로그램에서 '연천 미라클'이라는 독립 야구단을 알게 됐습니다.

선수 대부분은 프로 구단에 지명받지 못했거나 성적 부진, 부상 등의 이유로 밀려난 사람들이었어요. 경기도 연천군을 연고로 하는 연천 미라클은 대한민국의 두 번째 독립 야구단(첫 번째 독립 야구단은 고양 원더스)이에요.

야구를 좋아합니다. 1982년 대전을 연고지로 했던 OB 베어스 어린이 회원으로 시작해 지금까지 같은 팀인 '두산'을 응원하고 있으니 꽤 오래된 팬이죠. 고교 야구도 좋아해서 봉황대기 고교 야구를 보러 (지금은 사라진) 동대문 운동장에 간 적도 있었어요. 이어폰을 끼고 야구 중계를 들으며 휑한 야구장에 홀로 앉아 탕~ 탕~

지구인에게는 지구력이 필요합니다

탕~ 선수들이 치는 안타와 홈런을 바라보며 (공부 안 하고도 좋은 대학에 가는 홈런 같은) 인생 한 방을 꿈꾸기도 했어요.

독립 야구단 선수들은 연봉 없이 한 달에 60만 원의 회비를 냅니다. 회비를 벌기 위해 이삿짐을 나르고 식당에서 서빙도 하죠. 빨래도 직접 하고, 장비도 직접 구입해요. 좋은 환경에서 야구를 하는 프로 선수들과는 많이 다릅니다. 그래서 많은 이들의 꿈은 프로 구단에 들어가는 겁니다. 실제 프로 팀과의 연습 경기에서 큰 활약을 펼친 선수가 입단에 성공한 사례도 있어요.

기록에 의하면 프로야구 개막 후 20년간 은퇴한 투수는 총 758명입니다. 그중 10승 이상을 거둔 투수는 126명, 1승 이상 거둔 투수는 431명이에요. 사실 이 통계가 말해주는 진실은 더없이 쓸쓸합니다. 나머지 327명의 선수는 단 1승도 거두지 못하고 야구계를 떠났다는 얘기이니까요.

프로야구 원년에 출범한 '삼미 슈퍼스타즈'는 팀명과 다르게 한 명의 스타 선수도 없는 팀이었어요. 창단 첫해 후반기 성적은 5승 35패. 그들이 세운 승률 1할 2푼 5리는 아직까지 깨지지 않은, 프로야구 역사상 최저 승률입니다.

한때 저는 버리고 훌쩍 떠나는 삶을 동경했어요. 그리스인 조르바가 인생 모델이기도 했죠. 하지만 지금은 아닙니다. 이젠 버티는 삶을 더 존경하니까요.

인생은 결국, 결코 잘하리라는 보장도 없이—거듭 버틸 수 있는 데까지 버티다가 몇 가지의 간단한 항목으로 요약되고 정리되는 것이라고, 나는 생각했다. 지금도 버티고 있는, 그래서 아무 일 없이 흘러가고 있는 우리의 삶은—실은 그래서 기적이다.

___박민규, 「삼미 슈퍼스타즈의 마지막 팬클럽」

독립 야구단의 이름이 대부분 '원더스'이거나 '미라클'인 건 무엇 때문일까요. 그들에게는 '기적'이 필요하기 때문인지 모르겠어요.

연천 미라클의 기적 같은 건투를 빕니다!

어디에도 없는,
어디에도 있는

~~~~~~~~~~~~

많은 사람들이 자신의 일상을 리얼리티 쇼처럼 공개하는 세상입니다. 먹고 마시고 읽고 보고 듣는 모든 것들이 자기 홍보의 대상이 되죠. 하지만 사람들은 고백해요. SNS 친구 숫자는 1,000명이 넘는데도, 매일 자신을 드러내 보이는데도, 어쩐지 무인도에 있는 기분이 들 때가 많다고요.

『인비저블』은 자기 홍보 시대에 역행하는 듯한 우리 시대 숨은 영웅들의 모습을 보여줍니다. '보이지 않는다'는 뜻 그대로 타인의 인정과 찬사 뒤에 숨어 묵묵히 자신의 일을 하고 있는 사람들을 소개해요.

마취 전문의인 조지프 멜처 박사는 수술이 끝난 뒤에 감사

인사와 '과일 바구니'를 받는 것은 외과의지만 실제로 수술실을 이끄는 것은 마취의라고 말한다. "TV에서 외과의들이 수술을 지휘하는 걸 보면 좀 웃깁니다. 실제로 수술을 하다 응급 상황이 닥치면 제일 먼저 당황하는 건 그 사람들이거든요. 이거 괜찮은 거냐고 날 이렇게 쳐다보죠. 예상치 못한 일이 생겼을 때 나서서 상황을 침착하게 정리하는 건 대부분 내 일입니다. (…) 하지만 난 그런 책임을 맡는 걸 좋아합니다. 내가 약간 통제광인 데가 있어서요. (…) 나는 환자에게 연결된 기계에서 나는 소리만 듣고도 뭐가 잘못됐는지 알 수 있습니다. (…) 화면에 나오는 심장 박동 그래프를 볼 필요도 없이 소리만 들어도 어떻게 된 건지 알 수 있죠. (…) 나는 이 일에서 얻을 수 있는 무거운 책임과 권한, 그리고 외과의들처럼 수술 후 환자들과 장기적인 관계를 맺지는 않아도 아픈 사람들을 돕는다는 자부심에서 보람을 느낍니다."

___데이비드 즈와이그, 『인비저블』

스타 외과 의사 뒤에 숨은 마취과 의사, 세계적인 그룹 '라디오헤드'의 무대 뒤에 존재하는 기타 테크니션, 유엔의 동시통역사, 명성 높은 건축가가 아닌 건물을 무너지지 않게 만드는 구조기술사,

지구인에게는 지구력이 필요합니다

그들이 바로 이 책의 주인공이에요.

이들의 존재 의미는 건물이 무너지거나, 부정확한 통역으로 인해 국제 통상 문제가 발생하거나, 환자에게 심각한 사건이 발생했을 때에야 드러납니다. 어떤 환자도 마취과 의사에게 "선생님, 저를 수술 도중 깨어나거나 죽지 않게 해주셔서 감사해요!"라고 인사하지는 않으니까요.

저자인 데이비드 즈와이그는 잡지 《뉴요커》에서 팩트 체커로 일했어요. 그는 사소한 것 하나도 지나치지 않지만 철저히 기사 뒤에 숨어 있는 팩트 체커 팀의 삶에 완벽히 매료됐습니다. 특종상을 받고 스포트라이트를 받는 건 기자들이지만, 이들은 정확한 기사를 만들어내는 것에 더 큰 기쁨을 느꼈죠. 이들 대부분이 자신을 전혀 드러내지 않고도 깊은 만족감 속에 산다는 것은 (드러내는 것을 미덕으로 알던 전형적인 미국인인) 그에게 큰 충격이었습니다.

그는 '인비저블'의 특징을 "일을 통해 누군가에게 인정받기보다, 일 자체에서 큰 보람을 느끼는 것"이라고 말해요. 남들과의 비교에서 자유롭고, 내적 기준에 따라 만족감을 얻는 부류라는 것이죠. 그들은 무엇보다 책임감을 거부하지 않는다는 공통점이 있습니다. 오히려 자신의 책임감을 사랑하기까지 해요. 마취 전문의 조지프 멜처 박사처럼 말이죠.

자존감이라는 말이 지금처럼 부각되던 시대도 없었습니다. 나를 사랑해야 한다고 모든 사람들이 말해요. 하지만 안타깝게도 이 시대의 자존감은 점점 더 타인의 인정에 의존하는 경향을 보이고 있어요. SNS의 '좋아요'나 조회수에 따라 우리의 자존감이 롤러코스터를 타는 경우가 늘고 있으니까요.

앤디 워홀은 일찌감치 이런 현상을 예언하듯 "미래에는 누구나 15분은 유명해질 수 있다!"라는 말을 남겼습니다. 하지만 아이러니하게도 나를, 내 일상을 보여줄수록 진정한 나 자신과는 멀어져요. 타인이라는 거울이 너무 비대하기 때문이죠.

나로 사는 것이 힘든 이 시대에 '인비저블'의 존재는 우리에게 시사하는 바가 더 큽니다. 그들은 외부의 눈이 아닌 자신의 내적 기준에 따라 살아가는 사람들이니까요.

지구인에게는 지구력이 필요합니다

경찰견
가벨

~~~~~~~~~~~~~~~~

경찰견으로 선발되지 못한 경찰 훈련견의 이야기를 읽었어요. 경찰견에 탈락한 이유가 재밌었습니다. 발랄한 성격 때문이었거든요. 감정을 억제하고 경관을 도와 인명을 구조하고 범죄를 탐지하는 일을 하는 경찰견 업무는 우리의 가벨과 잘 맞지 않았습니다.

가벨은 낯을 가리지 않았어요. 누가 다가와도 꼬리를 치며 다정하게 굴었죠. 긴 시간 동안 훈련받았지만, 가벨에게 경찰견은 맞지 않는 직업이었습니다. 타고난 성격 탓에 경찰견이 되지 못한 가벨은 어떻게 되었을까요. 아이러니하게도 성격 덕분에 취업에 성공했다고 해요.

《타임》 등 외신에 따르면 호주에서 경찰견이 되려다 실패한 개 '가벨'이 '주지사견(犬)'으로 발탁돼 주민들의 사랑을 받고 있다.

___《뉴스1》, 2007년 6월 11일 기사

이 정도면 인생역전이 아니라 '견생역전'인 건가요?

지난 2월 가벨은 주지사견으로 정식 임명됐고, 자신의 발자국 도장을 계약서에 꾹 찍었습니다. 현재는 퀸즈랜드의 주지사견으로 근무 중이고요.

살면서 우리는 많은 선택을 하죠. 가장 중요한 것 중 하나가 직업을 선택하는 일인데요. 늘 이런 질문 앞에서 머뭇거리곤 합니다.

'좋아하는 일을 해야 할까? 잘하는 일을 해야 할까?'

확실한 건, 대부분의 사람들은 자신이 꿈꾸고 원했던 일이 아니라, 자신을 필요로 하는 일을 하며 살게 된다는 거예요.

흥미로운 설문 조사 결과가 있습니다. 캐나다 대학생들을 대상으로 열정을 쏟는 분야가 있는지 질문했어요. 가슴 뛰는 분야가 있다고 답한 84퍼센트의 학생 중 90퍼센트가 스포츠, 음악, 예술 분야에 열정을 품고 있다고 답했습니다.

하지만 자료를 보면 스포츠, 음악, 예술 산업과 관련된 일자리는 3퍼센트에 불과해요. 정작 사람들이 원하는 일자리는 매우 희소하다는 뜻이죠. 그렇다면 반드시 자신이 좋아하고 열정을 가진 분야에서 일하라는 조언은 오히려 독이 될 수 있습니다.

이제 저는 좋아하고 열정을 가진 일을 꼭 직업으로 가져야 한다고 말하지 않아요. 열정과 관심이 생각보다 자주 바뀐다는 걸 알기 때문입니다.

심리학자 대니얼 길버트, 티모시 윌슨 역시 사람들의 관심사가 생각보다 훨씬 자주 변하며, 관심사를 과대평가해서는 안 된다는 연구 결과를 내놨어요. 10년 전 최대 관심사가 무엇이었는지 떠올려보면 금세 알 수 있죠.

지금 열정을 갖고 있는 분야에만 초점을 맞추면 열정이 곧 식어버릴 분야로 뛰어들 위험이 있습니다. 그러니까 열정을 품은 것을 해야 잘할 수 있다는 말은 반은 맞고 반은 틀린 말입니다. 『냉정한 이타주의자』의 저자 윌리엄 맥어스킬은 이렇게 말하죠.

"직무 만족도를 가늠하기 위한 최선의 예측 지표는 직무 자체의 성격이지 개인의 열정과 관련된 사항들이 아니다!"

책을 좋아하니까 골목 서점을 내면 잘될 것이라고 예상하는 건 낭만적인 생각일 수 있어요. 책을 읽는 것과 책을 팔며 서점을 경영하는 건 별개의 문제니까요.

주지사견 가벨은 정말 운 좋은 친구라는 생각이 들어요. 좋아하고 잘하는 일을 직업으로 갖게 되는 건 최고의 조합이니까요.

매일 읽고 매일 쓰는
사람이 되는 일

～～～～～～

조르주 심농은 20세기에 가장 많은 작품을 남긴 소설가로, 평생 425권의 책을 썼어요. 일설에 따르면, 발자크는 하루에 50잔의 블랙커피를 마셨다고 해요. 베토벤은 새벽에 일어나면 바로 작업에 들어갔는데, 매일 아침 60개의 커피콩을 갈아 만든 커피를 마셨다고 하고요.

『무기여 잘 있거라』로 잘 알려진 작가 헤밍웨이는 자만하지 않으려고 그날 쓴 단어의 숫자를 꼼꼼히 기록해두었고, 『롤리타』로 잘 알려진 소설가 블라디미르 나보코프는 1950년대부터 줄이 쳐진 색인 카드에 연필로 초고를 작성하고 그 카드를 길쭉한 파일 박스에 보관했습니다.

화가 프랜시스 베이컨은 엄청난 양의 마늘을 먹었고 달걀노른자와 디저트, 커피를 멀리하는 독특한 식습관을 고수하며 하루 여섯 병의 포도주를 마셨어요. 하지만 작업을 쉬는 일은 한 번도 없었죠. 사르트르는 창작을 위해 점심시간에 1리터의 포도주를 마셨고, 매일 15그램의 아스피린을 먹었어요. 건강 염려증이 있었던 피카소는 광천수나 우유만 마시고 채소와 어류, 라이스 푸딩과 포도 먹기를 실천했습니다. 스릴러 소설의 대가 스티븐 킹은 아침 여덟 시 삼십 분부터 오후 한 시 삼십 분까지 매일 2,000단어씩 썼고, 조르주 상드는 성인이 된 후 매일 밤 20장 이상의 원고를 썼고요.

'리추얼'은 의식을 가지고 반복하는 특정 행위를 말합니다.

메이슨 커리의 책 『리추얼』은 우리 시대 가장 위대한 크리에이터들의 일상을 놀라울 만큼 복원해 보여줍니다. 이 책은 유명 잡지 《파리리뷰》에 실렸던 작가들의 다양한 인터뷰에서 작품론을 제외한 생활론을 옮겨놓은 버전 같아요. 영감을 좇고 충동적이고 즉흥적일 것 같은 예술가 대부분이 지독하게 규칙적이고 성실하게 생활했다는 점이 밝혀지거든요.

심농은 하나의 소설을 집필하는 동안에는 처음부터 끝까지 똑같은 옷을 입어야 했고, 새로운 책을 시작할 때 밀려오는 불안감을 달래기 위해 셔츠 주머니에 항상 진정제가 있었다. 또 작품 하나에는 1.5리터의 땀이 필요하다고 생각하며 새로운 작품을 시작하기 전과 끝낸 후에 체중을 달았다.

___메이슨 커리, 「리추얼」

'리추얼'에 관한 기념비적인 명언을 남긴 이는 미국의 작가 필립 로스입니다.

"영감을 찾는 사람은 아마추어다. 우리는 그냥 일어나서 일을 하러 간다."

제 리추얼 중 하나를 소개할게요. 쓰기 싫은 원고를 써야 할 때, 읽기 싫은 책을 읽어야 할 때, 잡초란 뽑아도 뽑아도 또 나는 것이라 매일 뽑아야 한다는 할머니의 말씀을 떠올려요. 농사꾼에게는 '나중에' 같은 말은 없는 것이고, '내일' 씨를 심으면 씨알도 안 맺히거나 씨알이 가늘어질 일이 태반이라고 말씀하셨죠. 절기를 귀신같이 지키는 농부의 성실함은 황무지도 비옥하게 만듭니다. 제 리추얼도 농사꾼의 마음으로 매일 눈을 뜨자마자 책상 앞에서 이렇게 되뇌는 거예요.

매일 읽고 매일 쓰는 사람이 되게 해주세요.
그 매일이 모여 좋은 책이 되게 해주세요.
아님 말고요. 아! 쓰기 싫다.

평균의
종말

～～～～～

사람들은 '스스로 원하는 것'을 선택해야 행복하다고 느낍니다. 살면서 가장 많이 듣는 말도 "네가 원하는 걸 해! 그래야 행복하다!"일 정도니까요. 하지만 대부분은 자신이 원하는 것을 알지 못하거나, 정확히 말하지 못할 때가 많습니다.

　나는 독창적이며 유일무이한 존재여서 나의 선택은 특별하다고 믿고 싶지만, 진실은 이렇습니다. 레스토랑이나 상점에서 나도 모르게 가장 자주 하게 되는 말도 이런 것이죠.

　"사람들이 뭘 가장 많이 시켜요? 여기서 가장 인기 있는 게 뭐예요?"

　우리는 다수가 선택하는 보편적이고 평균적인 것을 고를 때가 더 많아요. 음식점에서 세트 메뉴가 가장 많이 선택되는 것도 그 때문이죠. 평균적으로 사람들이 가장 많이 선택했으니 내 입맛에도 맛있을 것이라는 기대감 때문이에요.

교육 사상가 토드 로즈가 쓴 책 『평균의 종말』에는 흥미로운 이야기가 등장합니다. 1940년대 말 미국 공군은 심각한 난관을 만났어요. 비행기 속도가 빨라지면서 전투기 사고가 빈발한 것이죠. 조사 위원회를 꾸린 결과, 이들은 사고 원인이 20년 전인 1926년 조종사들의 평균 신체 치수에 맞춰 설계된 조종석일지 모른다는 의심을 하게 돼요.

미국 공군은 현역 조종사 4,063명의 항목별 평균 신체 치수를 바탕으로 조종석을 만들면 사고가 줄어들 것이라 믿었습니다. 그들은 키, 가슴둘레, 팔 길이 등 열 개 항목의 평균치를 낸 뒤 조종사 개개인의 수치를 '평균적 조종사'의 수치와 대조했어요. 하지만 놀랍게도 전 항목에서 평균치에 드는 조종사는 한 명도 없었어요. 이른바 '평균적 조종사'는 없었던 거죠.

결론적으로 말해, 평균을 기준으로 조종석을 설계했지만 누구에게도 맞지 않는 조종석을 설계한 셈이었어요. 뼈아픈 실패 후 공군은 조절이 가능한 좌석을 개발했습니다. 이는 이후 자동차 개인 맞춤형 좌석의 표준이 되었죠.

이런 예는 찾아보면 꽤 많습니다.

뇌 스캔 영상에 의하면 사랑을 느낄 때의 뇌와 공포를 느낄 때의 뇌는 반응하는 영역이 다르다고 합니다. 신경 과학자 마이클 밀러는 뇌 영상 분석을 통해 단 한 명도 동일한 조건에서 동일한 부위가 반응하지 않는다는 걸 발견하죠. 개개인별로 독자적인 패턴이 존재했거든요. 이처럼 평균적 인간이란 존재하지 않습니다. 그것은 관리와 통제를 위해 산업사회가 만들어낸 허구적인 개념에 가까워요.

우리는 평균이 존재하고, 그에 맞게 조율을 시도하면 대체로 만족할 만한 결과를 얻을 수 있다고 쉽게 믿죠.
철학자 버트런드 러셀은 이렇게 말해요.

"인간 만사에서는 오랫동안 당연시해왔던 문제들에도 때때로 물음표를 달아볼 필요가 있다."

평균적 행복이란 없습니다. 그것은 내가 아닌 타인의 취향에 나를 대입한 것일 뿐이에요.

지구인에게는 지구력이 필요합니다

대구 시청님,
고맙습니다!

〜〜〜〜〜〜〜〜〜〜

인터넷에서 사진 한 장을 보았습니다. 한 건물의 마당에서 머리 희 끗한 중년 남자가 큰절을 하는 사진이었어요. 양복을 단정하게 차 려입은 남자는 구두를 가지런히 벗어놓고 건물을 향해 넙죽 절을 올렸어요. 그 건물은 대구 시청이었습니다. 남자는 38년 동안 공무 원으로 일했고, 그날 명예퇴직했다고 합니다.

  첫 만남은 1978년 10월 27일 오전입니다. 농부의 아들로 태어나 공고를 졸업하고 사글세 자취방을 옮겨야 했던 스 무 살 건축공사장 야간 경비원은 빛바랜 회색 티셔츠 차림 으로 '님'을 찾았습니다. 38년 7개월이 흘러갔습니다. 32평 짜리 넓은 집에 22년째 살면서 가족과 외식도 즐길 수 있는 행복도 '님'은 주셨습니다.

___대구 시청 직원 게시판

글을 읽다가 32평짜리 넓은 집과 가족과의 외식이라는 말이 눈에 들어왔습니다. 누군가에게 지방의 32평짜리 아파트와 외식은 별게 아닐 수도 있겠죠. 그 정도의 생활은 당연하다고 생각하는 사람도 분명 있을 겁니다.

어떤 감정이든 지속되는 건 없어요. 그래서 행복은 강하게 느끼는 것보다 자주 느끼는 게 중요하다는 말도 있죠. 대구 시청 앞에서 절을 하는 그분의 사진을 보며 생각했어요.

우리는 종종 말하죠.
"대박 나세요!"
살아보니 간신히 알게 되는 것들이 있습니다. 삶에 있어 대박 같은 건 거의 없다는 것을요. 소박한 행복이 모이면 그것이 대박이 되는 거죠. 작은 행복에 감사하지 못하면 큰 행복에도 감사하지 못하는 사람이 됩니다. 당연함의 세계에는 감사함도 없어요.

행복의
조건

~~~~~~~~~~~~~

어제 공원의 풀밭에서 네잎클로버를 찾으며 즐거워하는 가족들을 보았습니다. 행운을 뜻하는 네잎클로버 찾는 법을 아이에게 알려주는 엄마의 얼굴에 웃음이 떠나질 않았어요.

고백하면 저는 태어나서 단 한 번도 네잎클로버를 찾은 적이 없어요. 일곱 살 때부터 줄곧 찾아다녔는데, 네잎클로버를 발견하는 행운이 제게는 오지 않았죠. 그 대신 무성한 세잎클로버들만 자꾸 눈에 띄었어요. 실망하는 제게 세잎클로버의 꽃말이 '행복'이라는 걸 알려준 사람은 엄마였습니다.

"네가 이렇게 많은 행복을 찾아낸 거야!"

엄마는 시무룩한 저를 위로하고 싶었을 거예요. 하지만 그래도 네잎클로버를 꼭 찾고 싶었죠. 네잎클로버를 찾느라 여기저기서 세잎클로버를 뒤지고 있는 사람들을 보다가 생각했어요. 우리는 희귀해서 어쩌면 존재하지 않는 행운을 찾기 위해, 이미 내 주위를 둘러싸고 있는 많은 행복을 지나치고, 심지어 짓밟고 있구나.

> 사과를 두 개 가진 사람이 행복할까요, 사과를 한 개 가진 사람이 행복할까요?
> 물론 한 개가 되었든 두 개가 되었든 그걸 깨물어 먹으며 사과를 먹는 즐거움을 느낄 줄 아는 사람이 행복하겠죠.
> ___장석주 시인의 말

찾아보면 주위에 행복해야 할 이유는 많아요. 그런데도 우리는 자신이 이미 가지고 있는 것에 대해서는 말하지 않아요. 어릴 때는 자연의 아름다움을 말하지 않고, 젊을 때는 건강을 이야기하지 않아요. 어린아이가 건강을 염려해서 컬러 푸드와 유기농 음식을 골라 먹지 않는 것처럼 말이죠. 우리에게 뭔가가 소중해지는 건 그것이 내게서 멀어진 뒤입니다.

공원을 걷다 보니 돗자리를 들고 더 좋은 자리를 찾기 위해 여기저기 두리번거리는 사람들이 보였어요. 분주한 그들을 보며 생각했어요. 누구나 자신이 있는 자리에서 보면, 늘 저편의 잔디가 더 푸르고 촘촘해 보인다는 걸요. 하지만 막상 가보면 그곳도 자기 자리와 별반 다르지 않다는 걸 깨닫게 되죠.

지혜로운 사람은 어떤 사람일까요? 좋은 대학을 나오고 박사 학위를 받은 사람일까요?

하늘의 구름이나 꽃을 보고 별안간 행복할 줄 아는 사람이 아닐까 싶습니다.

행복의 다른 이름에 대해 생각했어요. 고마움이 아닐까 싶어요. 내가 이미 가지고 있는 것의 귀함을 아는 마음. 주위에 이미 존재하는 행복을 더 깊게 느낄 수 있는 예민한 더듬이를 가지고 싶습니다.

행운에
속지 마라

～～～～～～

2017년 트럼프가 대통령이 되기 전, 많은 매체는 그가 아닌 힐러리의 승리를 예상했었죠. 영국의 브렉시트가 통과될 거라고 예측한 사람은 별로 없었어요. 21세기는 그 어떤 시기보다 불확실성으로 규정되는 사회입니다. 대한민국처럼 '각자도생'이 답이라면 우리는 이 변화무쌍한 시절을 어떻게 지나가야 할까요.

나심 니콜라스 탈레브는 2008년 미국 금융 위기를 정확히 예측한 주식 시장의 현자로, 불운이 닥쳐도 생존할 수 있는 위기관리 능력을 키워야 한다고 주장합니다. 그는 행운을 바라보는 우리의 태도에 얼마나 많은 오류가 있는지를 기술합니다. 부동산 상승, 로또 당첨, 주식 대박 같은 예상치 못한 행운이 와도 이를 자신의 실력으로 믿으면 안 된다는 거죠. 행운을 실력으로 착각하는 습관이

널리 퍼져 있는 세계가 하나 있는데 그것이 바로 주식 시장이라는 겁니다.

그는 화면에서 손실을 확인할 때마다 고통을 느낀다. 이익이 발생할 때는 기쁨을 느끼지만, 손실이 발생했을 때 느끼는 고통보다는 작다.

매일 (주식)시장이 마감될 때마다 치과의사는 심리적으로 탈진 상태가 된다. 하루 8시간씩 분 단위로 실적을 확인한다면, 그는 매일 241분 기쁨을 경험하고 239분 고통을 경험하게 된다. 1년이면 기쁨 60,688분에 고통 60,271분을 경험한다. 손실로 말미암은 고통이 이익으로 얻는 기쁨보다 강도가 심하기 때문에 치과의사는 실적을 빈번하게 확인함으로써 엄청난 심리적 적자를 보는 셈이다.

이번에는 치과의사가 매월 증권사로부터 거래명세서를 받을 때만 실적을 확인한다고 생각해보자. 월별 실적의 67퍼센트가 이익을 기록할 것이므로, 그는 1년에 4회만 고통을 겪고 8회는 기쁨을 느낄 것이다. 동일한 치과의사가 동일한 전략을 구사했는데도 이런 차이가 발생한다. 이번에는 치과의사가 1년에 한 번씩만 실적을 확인한다고 가정하자. 그가 앞으로 20년을 산다면, 그는 19번 기쁨을 느끼는 반면 고통은 단 한 번만 경험할 것이다.

이렇게 시간 척도에 따라 달라지는 운의 속성을 전문가들
조차 제대로 이해하지 못하고 있다.

___나심 니콜라스 탈레브, 『행운에 속지 마라』

인간은 본능적으로 '짐작'을 '진실'이라고 믿는 경향이 있습니다. 그는 이것을 우리가 확률의 구조를 이해하지 못하기 때문이라고 지적하죠. 우리의 두뇌는 늘 총액보다 증감을 더 쉽게 인식합니다. 그래서 부유한지 가난한지 판단할 때도 각기 다른 기준을 동원해요.

가령 재산이 줄어 10억이 남았을 때보다, 무일푼에서 시작해 1억을 모았을 때 더 부자라고 느끼는 게 인간이죠. 이럴 때 인간은 전혀 합리적이지 않아요. 인간 심리란 합리성이나 이성과 동떨어져 있는 것처럼 보이기까지 하죠. 주식 포트폴리오의 실적을 자주 확인할수록 더욱 불행을 느꼈던 치과 의사의 사례도 그렇습니다.

만약 자본주의 사회에서의 인간 심리에 관해 궁금하다면, 이 책은 그 어떤 심리학 책보다 많은 걸 가르쳐줄 거예요. 저는 이 책을 세 번 읽었지만 한 번 더 읽을 생각입니다. 분명 다른 문장에 밑줄을 긋게 될 테니까요.

지구인에게는 지구력이 필요합니다

그는 성공한 사람들의 대부분은 운 좋은 바보들이라고 말합니다. 성공의 필요조건과 충분조건을 혼동하지 말라고 진지하게 충고해요. 가끔 인생의 선물처럼 주어지는 행운도 있지만, 행운에 속지 말라고요.

카뮈의 말에 밑줄을 그어요.

> 인간의 마음은 스스로 멸망케 하는 것만을 운명이라 부르는 경향이 있다. 행운도 행운 나름대로 피하기 힘들다는 사실을 아는 사람은 별로 없다.

노력 없이 공짜로 주어지는 행운은 독이 될 수 있습니다.

삶에는
바람이 붑니다

〰〰〰〰

올림픽 경기 관람은 제 오래된 취미 중 하나예요. 축구, 배구, 레슬링, 유도, 탁구……. 종목을 가리지 않아요. 하지만 올림픽 경기 중 양궁만큼 확실한 금메달 밭도 없죠. '전 종목 금메달 석권!'이라는 자막이 텔레비전 화면을 채울 정도로 엄청난 실력을 갖춘 선수들이 많으니까요. 올림픽 폐인이었던 시절, 양궁을 보며 생각했어요. 금메달이 36개나 걸린 육상 종목도 있는데, 왜 양궁에는 금메달이 고작 4개밖에 없는가!

상상은 늘 엉뚱한 방향으로 튀었어요. 양궁도 배드민턴처럼 여자 복식, 남자 복식을 만들면 재밌지 않을까? 양궁도 수영처럼 50미터, 100미터, 200미터 종목으로 세분화하면 좋지 않을까? 올림픽의 즐거움을 위해 '말 타면서 활쏘기' 같은 종목이 신설되면 한국의 금메달 가능성이 커질까? 이런 상상을 하면 실없이 즐거워져 피식 피식 웃곤 했어요.

김경욱 선수는 1996년 애틀랜타 올림픽 금메달리스트로, 과녁 정중앙의 카메라를 두 번이나 깨트린 '퍼팩트 골드'로 유명합니다. 그녀의 경기 해설 가운데 인상적인 말이 있었어요.

> 자기 활을 쏴야 합니다. 남을 의식할 필요가 없습니다. 언제나 복병은 있고 위기도 있게 마련입니다. 바람은 불다 안 불다 합니다.

___김경욱 선수의 2008년 올림픽 해설

양궁에서 화살의 길이는 제각각이라고 해요. 선수들의 팔 길이가 전부 다르기 때문이죠. 화살의 길이가 모두 다르다는 건 어떤 의미일까요? 아무리 좋은 화살이라도 자기 것이 아니면 무용지물이라는 뜻이겠죠.

남을 흉내 내는 것이 아니라 자신의 활을 쏘는 게 중요합니다. 바람도 마찬가지예요. 삶에는 끝없이 바람이 붑니다. 우리가 할 수 있는 건 바람을 멈추는 게 아니라, 거센 바람 속에서도 중심을 잡으려는 자세와 화살을 목표에 명중시키려는 마음일 거예요. 비록 화살이 빗나간다 하더라도 말이죠.

양궁을 보며 더 중요한 사실을 알게 됐어요. 화살을 과녁에 맞히려면 목표보다 좀 더 높은 곳을 겨냥해야 한다는 것이에요.

국가대표 선수들은 하루 약 900여 발의 활을 쏩니다. 70미터 거리에서 잘 보이지도 않는 12센티미터의 골드 존을 향해 매일 활을 쏘죠. 하지만 훈련이 끝난 여덟 시 이후에도 기어이 100발을 더 쏜다고 해요.

지구에서 살아가는 존재들은 모두 중력의 영향을 받아요. 위쪽으로 비상하려는 의지만큼 아래에서 끌어내리려는 힘도 대단하죠. 그래서 뛰어난 선수들은 늘 100이 아닌 120을 준비합니다. 힘을 뺀 듯 가뿐한 활시위는 그렇게 만들어집니다.

핑~ 활이 날아갑니다. 춤추듯 높은 곡선을 그려요. 소형 카메라의 렌즈로 정확히 날아가는 활, 명중합니다. "골드!"라고 외치며 환호하는 사람들의 함성이 울려요.

과녁을 명중한 화살만큼 아름다운 게 또 있을까요.

지구인에게는 지구력이 필요합니다

산책은
마음의 관광

〰〰〰〰

아리스토텔레스는 걸어 다니면서 제자들을 가르쳤습니다. 소요학
파는 아리스토텔레스학파 철학자들을 일컫는 단어로, 이 말의 어
원은 '걷기를 일삼는 사람, 멀리까지 걷는 사람'을 뜻해요.

고대 그리스 건축 양식은 보행에 적합했어요. 소요학파라는 명
칭이 아테네 학당의 열주 회랑에서 왔듯, 스토아학파 역시 아테네
의 스토아, 즉 스토아학파 철학자들이 이야기를 나누면서 걸은 열
주 통로에서 왔으니까요. 리베카 솔닛의 책『걷기의 인문학』에는
걷기와 관련된 많은 이야기들이 펼쳐집니다.

그녀가 말해요. "마음은 풍경이고, 보행은 마음의 풍경을 지나
는 방법"이라고요.

한 장소를 파악한다는 것은 그 장소에 기억과 연상이라는 보

이지 않는 씨앗을 심는 것이나 마찬가지다. 그 장소로 돌아가면 그 씨앗의 열매가 기다리고 있다. 새로운 장소는 새로운 생각, 새로운 가능성이다. 세상을 두루 살피는 일은 마음을 두루 살피는 가장 좋은 방법이다. 세상을 두루 살피려면 걸어 다녀야 하듯, 마음을 두루 살피려면 걸어 다녀야 한다.

_____리베카 솔닛, 「걷기의 인문학」

생각하는 일은 뭔가를 만들어내는 일이라기보다, 어딘가를 지나가는 일인지 모르겠습니다. 보행의 역사가 생각의 역사를 구체화했다는 건 그 때문이겠죠. 마음의 움직임을 따라가는 건 불가능하지만, 두 발의 움직임을 따라가는 것은 가능하니까요. 그런 의미에서 산책은 '마음의 관광'이라 불러볼 만하겠죠.

속도와 효율성이 시대정신이 됐습니다.

현대인의 삶을 여행에 비유하면, 이동 시간을 최소화하고 빠르게 갈 수 있는 방법을 찾기 위해 고군분투하던 시간이라 말할 수 있을 거예요. 하지만 빠르고 편한 신기술이 쏟아지는데도 어째서 우리의 시간은 점점 줄어들기만 할까요. 이런 역설을 '역생산성'이라 부릅니다.

이메일은 편리하지만 끝없이 스팸 메일을 끌어들이죠. 건조기

지구인에게는 지구력이 필요합니다

역시 편리하지만 필터를 갈아야 하고 고장이 나면 수리 기사를 불러야 해요. 효율성을 위해 자동차를 구입하지만, 정작 출퇴근 시간대에는 대중교통이 더 빠를 때가 많다는 것도 함정이죠. 우리의 스마트폰에 가득한 사진과 동영상도 그래요. 기껏 찍은 수많은 사진과 동영상을 제대로 정리하지 못해 쌓아두기만 하니까요.

빨리 가는 것보다 어떻게 가느냐가 더 중요한 사람이 되고 싶습니다. 빨리 말리는 것보다 오후 두 시의 태양 아래 말린 빨래에서 나는 햇빛의 냄새를 기억하는 사람이고 싶어요.

비행기를 타면 한 시간 만에 제주에 도착할 수 있겠죠. 하지만 완도에서 배를 타고 가며 스쳐온 바다 풍경은 쉽게 잊히지 않아요. 걷는 속도로 본 세상, 느리게 움직이는 것들을 타고 바라본 풍경이 제게는 늘 아름답다고 느껴지니까요.

부모님이 지어준 이름 말고 스스로 이름을 지을 수 있었다면, 제 이름을 '소요(騷擾)'라고 지었을 겁니다. 자유롭게 이리저리 슬슬 거닐며 돌아다닌다는 뜻이죠. 걷는다는 건 제게 늘 생각한다는 것과 같은 말이에요.

앉는 법, 서는 법,
걷는 법

〜〜〜〜〜〜〜

한 여자가 있습니다. 그녀는 경쟁이 심한 광고 회사에 다니며 카피를 썼는데, 금세 자신이 고갈되었다는 걸 깨닫습니다. 그녀는 '나라는 사람' 또한 고갈되는 자원이라는 것을 알지 못했어요.

휘발유 같은 인스턴트커피를 들이부으며 몇 날 며칠씩 날밤을 새우며 뇌를 태웠고, 좋은 아이디어가 나오지 않을 때는 술을 들이부었습니다. 그런 방법은 이따금 효과가 있었기 때문에 멈출 수 없었어요. 항상 다정한 연인보다 어쩌다 한 번 잘해주는 연인에게 더 매달리게 되는 어리석은 마음이 일에서도 통했던 거죠. 일단 험하게 쓰기 시작한 물건은 아까운 줄 모르듯 자기 낭비는 가속도가 붙었습니다.

깨달음이 찾아왔을 때는 만신창이가 되어 있었어요. 그 후 그녀는 십수 년의 세월 동안 여행을 다녔고 요가와 필라테스 강사가 되었습니다. 그리고 자기관리의 최고 경지는 자세 관리라는 사실을 깨닫습니다.

자세는 나를 담아 보관하는 상자이기 때문이죠. 고급 구두나 백을 보관하는 방식과 같아요. 쓰고 나서 닦고, 심을 넣고, 딸려온 박스에 넣어두어야 변형 없이 오래 쓸 수 있으니까요.

> 자기관리나 웰빙을 이야기할 때 우리는 흔히 3가지에 대해 이야기하죠. 다이어트, 운동, 스트레스 관리. 하지만 저는 여기에 아주 중요한 네 번째 요소가 빠져 있다고 생각해요. 자세. 자세는 보험에 드는 것과 같아요. 애써 모은 재산을 지키려는 게 보험이잖아요. 애써서 운동하고 다이어트해서 가꾼 몸을 지켜주는 게 좋은 자세예요. 살아가다 보면 항상 건강식만 먹을 수 없고, 때론 운동을 걸러야 할 때도 있지요. 그때 우릴 지켜주는 게 자세예요. 좋은 자세를 몸에 붙여놓으면 잠시 운동을 거스르거나 배달음식으로 끼니를 때우더라도 그 전처럼 몸이 흐트러지지 않아요. (…) 우리가 원하는 게 바로 이런 것 아닌가요?
>
> ___곽세라, 『앉는 법, 서는 법, 걷는 법』

결심한다고 해서 모든 게 쉽게 바뀌지는 않았어요. 우리의 의지는 한정된 자원이기 때문에 쓰면 쓸수록 고갈되니까요. 하지만 집에 돌아와 편한 옷으로 갈아입고 널브러져 있던 습관부터 바꿨습니다. 프랑스 여성들 사이에서 우아함의 구루로 불리는 마담 쉬크가 강조한 것도 평소 모습에 관한 부분이었어요. 마담 쉬크는 집에 혼자 있을 때의 모습이 가장 아름다워야 한다고 말해요. 그녀에게는 집에서 입는 옷이 따로 없었어요.

오래된 습관을 이기는 건 새로운 습관뿐입니다. 지난 몇 년간 힘들게 발레를 배우면서 제가 깨달은 것이 있어요. 그것은 단지 운동을 해서 건강해진다는 것 이상의 삶의 태도를 포함하거든요. 일단 눈에 보이는 놀라운 점은 키가 1센티미터 이상 커진 거예요. 앉아서 글만 쓰느라 휘어진 척추와 숨겨졌던 목이 제 모습을 찾은 거죠. 춤을 추면서부터는 가부좌 트는 습관, 다리 꼬는 습관 역시 상당 부분 개선됐습니다. 사소한 습관들이 퇴적층처럼 쌓여 그동안 제 골반을 얼마나 틀어놓았는지 알게 됐기 때문이죠.

저자는 말합니다. 내가 몸을 떠나는 순간 버릇이, 습관이 몸을 떠맡는다고요. 평소에 좋지 않은 습관이 있다면 우리의 몸은 주인이 살지 않는 집처럼 황폐해집니다. 그렇기 때문에 우리는 내 몸 안에 머물며 나를 돌봐야 해요.

생각해보면 저 역시 과거에 몸이라는 내 집을 너무 자주 비워두었던 것 같아요. 이제 창문을 활짝 열어 햇볕을 쏘여주고, 자주 먼지를 쓸어낼 생각입니다.

일단 최대한 머리를 하늘로 띄우고, 어깨는 땅으로 내려 척추를 올려보세요. 호흡이 달라지는 걸 느낄 수 있을 거예요. 가장 큰 디톡스는 브로콜리 클렌즈 주스를 마시는 게 아니라 배에서부터 밀려 나오는 나의 깊은 숨이니까요.

이 작은 책은 언제나
나보다 크다

~~~~~~~

2014년의 봄, 단편소설을 마감 중이었습니다. 온전히 하루가 다 지나고 나서야 뒤늦게 세월호 소식을 알게 됐어요. 결국 쓰고 있던 단편은 끝내지 못했습니다. 몇 달 동안 글을 쓸 수가 없었어요. 20년 넘게 관성처럼 작동하던 글쓰기 기능이 갑자기 멈췄어요. 평생을 오른손잡이로 살았는데 갑자기 왼손잡이가 된 것처럼 문장을 읽는 것도 힘들어졌어요. 이제까지 '세월'이라 쓴 단어를 모조리 '시간'으로 바꾼 후, 나는 이제 영원히 맞는 문장을 쓸 수 없는 소설가가 됐다는 생각에 시달렸습니다.

비통한 죽음들 앞에서 살아 있다는 게 기적 같기도, 지옥 같기도 해서 죄스러웠습니다. 지금까지 어떻게 살았는지, 앞으로 어떻게 살고 싶은지에 대해 집요하게 묻기 시작했어요. 제 안에 이렇게 나 많은 목소리들이 살고 있었다는 게 놀라웠고, 단 하나의 목소리가 들릴 때까지 자주 넘어져야 했습니다. 그렇게 6개월 후에야 진료 받을 수 있다는 인기 절정의 한의원 예약을 취소했어요. 몇 개의 장기 계획을 내려놓았습니다. 당장 내가 정말 하고 싶은 일을 하기로 결정했어요. 그 즉시 말이죠.

그 순간 2년을 사는 동안 단 한 번도 보이지 않았던 동네 발레학원의 간판이 보였어요. 멀리서도 보일 만큼 커다란 간판이라 놀랐습니다. 사람의 인생이 한 권의 소설이라면 제 인생에서 이 부분에는 '간절히 원하면'이라는 제목이 붙을 거예요. 그 간판은 제 작업실 바로 맞은편 건물 4층에 붙어 있었습니다.

발레를 배우면 분명히 알게 되는 것들이 있어요. 아름다움에는 엄청난 고통이 따른다는 것이죠.

발레가 일상생활에서는 '전혀'라고 해도 될 만큼 쓰지 않는 근육을 집중적으로 써야 하는 운동이기 때문입니다. 쓰지 않는 근육을 쓴다는 건 곧 통증을 의미하죠. '턴아웃(turn out)'이라는 말은 발레에서 가장 많이 쓰는 말인데, 온몸의 근육을 안이 아니라 밖으로 강하게 밀어내는 것을 뜻해요.

우리는 보통 '턴인(turn in)'된 채로 일상생활을 해요. 제 어깨 역시 장시간 글쓰기 노동으로 안쪽으로 깊숙이 말려 있고, 척추 역시 안으로 휘어져 바르지 않았어요. 우리는 대부분 허벅지 앞쪽 근육을 사용해 걷거나 뜁니다. 하지만 발레는 이 모든 게 거의 반대예요. 허벅지 뒤쪽 근육을 써야 동작이 가능한 기이한 세계니까요.

쓰지 않아 굳은 근육을 발레의 기본인 턴아웃 동작에 맞추려면 근육과 고관절을 최대한 늘이는 스트레칭이 필요해요. 발레를 시작한 후 8개월 동안 매일 근육통에 시달렸어요. 골반이 열리는 데 2년이 넘게 걸렸고, 고관절을 유연하게 만들어 발레에 필요한 기본적인 스트레칭을 연마하는 데 3년 가까운 시간이 걸렸습니다. 하지만 여전히 발레 선생님에게 매번 지적을 받아요.

"박스가 찌그러졌어요. 척추 더 세우고 풀업, 아라베스크 할 때 무릎을 더 펴세요. 발끝! 발끝!"

4년이나 발레를 연습했지만 점프와 턴이 완벽해지는 시간은 영원히 오지 않을 것 같아요. 발레만의 시간으로 보면 1~2년은 다른 운동의 한두 달에 불과한 것처럼 느껴져요. 4년 동안 오른쪽 발목을 두 번 다쳤고, 허리를 수도 없이 다쳤으며, 오른쪽 발가락에 골절상을 입었습니다. 계속 오른쪽만 다친다는 것도 속상하고 힘들었어요. 교정 치료를 해주는 선생님은 제게 오른쪽 발목 아킬레스건이 늘어났다고 하시더군요.

지구인에게는 지구력이 필요합니다

이쯤 되면 스스로에게 묻게 됩니다.

너는 왜 발레를 하는가? 통증과 부상을 감수하면서까지 왜 발레를 멈추지 못하는가?

발레리나가 될 만큼 아름다운 토르소를 가진 것도, 아킬레스건의 길이나 발등이 완벽한 것도 아니면서. 발레로 대학을 갈 것도 아니고, 발레단에 입단할 것도 아니면서 어째서 발레에 이토록 열중하는가?

이 질문을 오래도록 제게 던져봤습니다. 못하면서, 해도 해도 정말 못 추면서, 왜 나는 질리지도 않고 5년째 춤추고 있는지 말이죠. 그러다 알게 됐어요. 어린 시절, 혼나고 또 혼나도, 까치발로 서서 벽지 위에 크레용으로 그림을 그리며 즐겁고 신나던 기억을 말이죠. 그 기억이 떠오르자 그림 그리기가 입시를 위한 특기가 아닌 원초적 기쁨으로 존재하는 세계에 대해 떠올렸습니다. 우리가 살면서 가장 필요한 '의미'가 바로 이런 행위 속에서 만들어진다는 것을 말이죠.

그러다 이 책을 만나게 됐어요.

난 이탈리아어로 나 자신을 표현할 단어를 많이 알지 못한다. 일종의 결핍 상태라고 생각한다. 하지만 동시에 난 자유롭고 가벼운 느낌이다. 내가 글을 쓰는 이유를 다시금 깨달았다. 필요에 의해서 글을 쓰지만 기쁨을 느끼는 것이다. 나는 어려서부터 느꼈던 기쁨을 다시금 맛보았다. 누구도 읽지 않을 노트에 단어를 적어 넣는 기쁨 말이다. 나는 문장을 다듬지 않고 투박하게 이탈리아어로 글을 쓴다. 그리고 계속 불안한 상태다. 맹목적이지만 진실한 믿음과 함께 나 자신을 이해 받고 이해하고 싶다는 생각뿐이다.

___줌파 라히리, 『이 작은 책은 언제나 나보다 크다』

소설가 줌파 라히리는 어느 날 이탈리아어로 소설을 쓰기로 결심합니다. 어째서 부모의 언어인 인도 벵골어도, 모국어이며 자신을 스타 작가로 성장시킨 영어도 아닌 이탈리아어였을까요? 그녀의 책 『이 작은 책은 언제나 나보다 크다』를 읽으며 저는 깊은 동지애를 느꼈어요. 줌파 라히리에게 있어 이탈리아어가 제게는 정확히 발레였기 때문입니다.

온 세상이 자기 계발적이며 실용적인 것을 찾아 헤맬 때, 어느 날 이토록 무용한 세계가 주는 아름다움을 발견했어요. 체지방 지수를 낮추고 근육을 만들거나 다이어트를 위해 춤을 추는 게 아니라 순수한 기쁨 때문에 발레에 빠지게 된 것이었으니까요.

아메리카 발레 시어터의 수석 무용수 서희는 인터뷰에서 발레를 비인간적인 무용이라고 말했습니다. 발레리나는 늘 고통 속에서 아침을 맞이하니까요. 몸이 아프지 않으면 오히려 훈련을 게을리 한 건 아닌가 의문을 품는 나날들이었죠. 그들의 몸은 아름다움에 비례해 만신창이입니다.

발레의 기본인 턴아웃은 직립보행을 하는 인간에게는 그토록 부자연스러운 행위인 겁니다. 발끝으로 서서 턴을 돌거나 점프하는 것 역시 중력을 무시한 행위죠. 그래서 발레를 할 때의 저는 이전의 보행 습관과 근육 사용법을 버려야 해요. 제 몸이 오랜 시간 축적한 흔적을 깨끗이 지워 백지 상태로 만든 후 모든 걸 새롭게 다시 익혀야 하니까요.

그것은 낯선 외국어를 습득하는 과정과 비슷해요. 새로운 어순과 동사 변형, 발음을 익히며, 온몸으로 낯선 세계와 마주 서는 법을 새롭게 익히는 것이죠. 한 번도 사용하지 않았던 동사 변형, 발음, 관용구이므로 매일 틀리고 자주 잊고 멈칫거리다 실수합니다.

히브리어의 어떤 동사는 60가지 이상으로 변형됩니다. 발레는 저같이 평범한 사람에게는 히브리어 계통의 외국어만큼이나 어려워요. 원어민이 아닌 이상 완벽한 언어를 구사하는 것이 불가능한 세계죠.

그러나 이것만은 확실해요. 발레를 배우면 아름다움과 고통에 대한 새로운 문법과 언어를 갖게 됩니다. 저는 그것을 고통이 아름다움으로 피어나는 순서를 알게 되는 것이라 말하고 싶어요. 아름다움을 아름다움이라고 발음할 때 온몸으로 감각되는 육체를, 온몸이 뭉클해지도록 껴안는 것 말이죠. 미치도록 보고 싶었던 사랑하는 사람의 품에 뛰어들듯 아름다움을 와락 껴안는 겁니다.

요즘에는 잠들기 전, 발레 동영상을 보는 날이 많아졌어요. 발레리나의 몸짓을 볼 때마다 아름답다는 동사 변형을 매번 새로운 외국어로 다시 익히는 기분이에요.

마음을 다해

⋮
⋮
⋮
⋮
⋮
⋮

대충 산다는 것

우리는
애쓰며 산다

〰〰〰

남아 있는 에너지가 0에 가까워졌을 때 사표를 낸 적이 있습니다. 한동안 집 밖에 나가지 않았고, 씹는 것조차 싫어 우유만 마셨어요. 침대와 한 몸이던 날들, 친구들이 찾아와 제게 말했죠.

"힘내! 힘내야지!"

걱정되어서, 안타까워서 하는 말이라는 건 모르지 않았어요. 하지만 그런 말을 듣는 내내 힘이 더 빠지기만 했어요. 이곳이 바닥인 줄 알았는데 더 깊은 바닥이 있어서, 그 속으로 내내 가라앉는 기분이랄까요. 그때 누군가 내게 "힘 빼"라는 말을 해줬더라면 어땠을까 생각할 때가 있어요.

힘 빼고 우리 우연을 한번 기다려보자! 꼬이고 꼬였을 때는 그냥 놔두는 것도 방법일 수 있다고 말해준 사람이 딱 한 명만 있었어도 좋았을 겁니다. 물에 빠졌을 때 몸에 힘을 주고 허우적대면 점점 더 깊이 빠지게 된다는 걸 그때 알았더라면 더 좋았을 거예요. 그럴 때는 힘을 빼야 비로소 물 위에 떠오를 수 있으니까요.

너무할 정도로 모두들 열심히 삽니다.
모두 지쳐 있지만 버티며 살아가요.

'마음을 다해 대충 그린 그림'은 『안자이 미즈마루』라는 책의 부제예요. 안자이 미즈마루는 무라카미 하루키의 에세이에 단골로 등장하는 일러스트레이터인데요. 마음을 다해 대충 산다는 것이 어떤 것인지에 대해 자신의 책에 상세히 적고 있어요.

저는 뭔가를 깊이 생각해서 쓰고, 그리고 하는 걸 좋아하지 않습니다. 열심히 하지 않아요. 이렇게 말하면 대충 한다고 바로 부정적으로 보는 사람이 많지만, 대충 한 게 더 나은 사람도 있답니다. 저는 그런 사람 중 한 명이지 않으려나요.

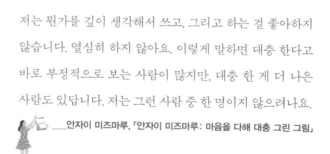

___안자이 미즈마루, 「안자이 미즈마루: 마음을 다해 대충 그린 그림」

최선을 다해 대충 살겠다!

이 말은 오해하기 딱 좋은 말입니다. 하지만 '최선을 다해 대충 산다'는 말은 빠르게 변화하는 한국 사회에 어울리는 말이 아닐까 싶어요. 과정에 최선을 다하되 결과에는 '아님 말고~' 하는 유연함이 있어야, 이 불확실한 시대에 허우적대지 않고 헤엄치듯 살 수 있을 테니 말이죠.

열창이나 열연보다, 담백하고 자연스런 노래와 연기가 더 좋아지는 요즘입니다.

살면 살수록, 힘주는 것보다 힘을 빼는 게 더 어려운 일 같아요.

일상을 시로 만드는
마법에 대하여

〜〜〜〜〜〜〜〜

삶을 새롭게 느끼고 싶다고 해서 매일 낯선 곳으로 여행을 떠날 수 있나요? 매일 다른 음식을 먹을 수 있나요? 삶은 반복입니다. 반복의 반복이 반복되는 게 우리 삶이죠.

　　'페이스북'의 마크 저커버그는 매일 회색 후드티를 입어요. '애플'의 스티브 잡스는 검은색 터틀넥 티셔츠와 청바지만 입었습니다. 영화감독 크리스토퍼 놀란은 기숙학교 시절에 입던 교복 재킷을 지금도 입고 다니는 걸로 유명하죠. 이 세 사람이 유니폼 패션을 고수한 이유는 쇼핑할 시간이나 돈이 없기 때문이 아니에요. 그들은 선택의 피로감을 최대한 줄이고, 삶을 단순하게 만들어 자신의 뇌를 더 창조적인 데 쓰고 싶어 했습니다.

애플의 광고처럼 삶을 한 편의 시로 만드는 비밀은 아이패드를 가지는 게 아닙니다. 비밀의 가장 놀라운 점은 당신이 '이미' 그렇게 살고 있는지 모른다는 것이에요.

하루하루를 비슷하게 살아보세요. 다만 차이를 느껴야 합니다. 반복을 하품 나는 지루함으로 여기는 사람은 무의미함을 느낄 뿐이죠. 관계의 반복이 지루해 파탄 나는 커플도 많아요. 하지만 반복을 편안한 리듬으로 느끼는 사람은 그 속에서 기쁨과 평온함을 느낍니다.

삶이 규칙적이고 단순해서 뇌가 선택이라는 값비싼 에너지를 쓸 필요가 없어질 때, 우리 뇌는 전혀 다른 일을 하기 시작해요. 비슷한 것들 속에서 '다른 것'을 찾아내기 위해 작동하는 거죠.

"저는 지루함을 좋아해요!"
농담이 아니다. 나는 지루함이 재평가받을 날이 올 거라 믿는다.

삶을 한 편의 시로 만드는 데에 가장 필요한 키워드는 놀랍게도 지루함의 대명사인 반복이다. 비슷한 음이 반복될 때 리듬이 만들어진다. 반복된 것 속에서 멜로디가 탄생한다.

잘 쓰인 시 속에서 노래가 들리는 건 비슷한 단어나 문장이 반복될 때 생기는 음악성 때문이다. 대구, 수미상관 같은 문학적 장치의 본질은 반복이다.

규칙적이라는 말이 가지는 무겁고 딱딱한 느낌에서 벗어나기만 한다면, 단순한 반복이 우리 삶을 얼마나 풍요롭게 하는지 이해할 수 있다. 내가 생각하기에 이것은 정말 중요한 부분이다. 반복을 지루함으로 인식하는 사람과 반복을 음악으로 인식하는 사람의 삶이 같을 리가 없지 않은가!

___엘리자베스 길버트의 『빅매직』 리뷰 중에서

무수히 많은 크리에이터들이 단순함을 추구했던 비밀도 여기에 있습니다.

영화 〈패터슨〉의 주인공 패터슨의 삶이 아름답게 느껴지는 건 버스 운전사인 그가 이미 자신의 삶을 한 편의 시로 만들었기 때문이에요. 매일 출근하며 걷는 길, 매일 만나는 사람들, 아내와 늙은 개와의 일상 속에서 그가 매 순간 사물을 재발견하고 사람들의 이야기를 채집하거나 발굴하기 때문입니다.

인간이 '순간'으로 기억하는 시간은 대략 3초라고 해요. 자는 시간을 빼면 우리에게는 하루 2만 개의 순간이 생기고, 일생 동안 5억 개 정도의 순간들이 존재하는 것이죠.

잠든 남편의 얼굴을 바라봅니다. 3초의 시간이 순간으로 깃들어요. 만약 제가 그를 매 순간 '다시' 발견하는 일에 게을렀다면, 한 남자와 22년이라는 긴 시간을 함께하긴 힘들었을 테죠. 한겨울에도 반팔만 입고 다니던 건장한 청년이 무릎이 시려 내복 없이는 겨울 산책을 나설 수 없는 중년 남자가 되기까지의 시간들 속에서, 제가 마주친 끊임없는 재발견과 재발명이 없었다면, 우리의 관계는 일찌감치 파탄 났을지 모릅니다.

그러므로 "사랑은 재발명되어야 한다"라는 랭보의 시구를, 저는 같은 사람과 여러 번 사랑에 빠지는 일이라고 믿습니다.

비슷한 일상을 다시 살아내며 매일 보는 그것에 새로운 이름을 붙여 호명하기 위해 노력하는 것, 그것을 사랑이라 이해한다면 말이에요.

마음을 다해 대충 산다는 것

걱정해서 걱정이 없어지면
걱정이 없겠네

~~~~~~~~~~~~~~~~~~~~

우리는 많은 걱정을 안고 살아요. 어릴 때는 공부와 연애, 취업, 결혼, 더 나이 들어서는 자녀 교육, 건강과 돈에 이르기까지 걱정거리가 정말 많죠.

하지만 세간의 오해와는 달리, 걱정이 많다는 게 꼭 나쁜 것만은 아니에요. 적당한 걱정은 오히려 삶에서 성공을 불러오기도 하거든요.

걱정의 40%는 절대 현실로 일어나지 않는다.

걱정의 30%는 이미 일어난 일에 대한 것이다.

걱정의 22%는 사소한 고민이다.

걱정의 4%는 우리 힘으로 어쩔 도리가 없는 일에 대한 것이다.

걱정의 4%만 우리가 바꿔놓을 수 있는 일에 대한 것이다.

___어니 젤린스키, 「모르고 사는 즐거움」

걱정과 불안은 우리를 더 노력하게 하고 준비하게 하죠. 걱정이 많은 사람은 바로 그 걱정 때문에 자신을 위험에 덜 노출시키기 위해 꼼꼼히 점검합니다. 그렇게 하지 않으면 걱정과 불안 때문에 밤잠을 설칠 테니까요.

그래서 걱정 많은 사람들은 회사에서나 주위에서나 인정받기도 합니다. 걱정이 불시에 벌어질 불확실한 일에 대한 예방주사 역할을 하는 거죠.

보통 사람들은 문제를 해결하려 노력해요. 하지만 (걱정 많은) 지혜로운 사람은 문제가 일어나는 것을 피합니다. 위험은 그것을 무릅쓸 때가 아니라 피할 때 상책인 경우가 더 많습니다.

진짜 실력은 어려운 문제를 해결하는 게 아니라 문제 자체를 만들지 않는 것인지도 모릅니다.

문제는 과도한 걱정이에요. '걱정만' 하는 게 진짜 문제죠.

우리는 대개 실패의 원인을 잘못된 판단과 선택 때문이라고 생각해요. 하지만 많은 경우, 판단하고 결정해야 할 시기에 걱정하느라 어떤 결정도 내리지 못하는 게 더 치명적일 수 있습니다.

마음을 다해 대충 산다는 것

과도한 걱정은, 계속 움직이기는 하지만 단 한 걸음도 앞으로 나아가지는 못하는 회전목마 같은 상태로 만들거든요.

티베트 속담에 이런 말이 있습니다.
"걱정해서, 걱정이 없어지면, 걱정이 없겠네."

스트레스의
힘

～～～～～～～～～～

우리나라 사람들이 가장 빈번하게 사용하는 외래어 1위는 '스트레스(stress)'라고 합니다.

'스트레스 테스트'라는 말은 원래 심장 기능 체크 등 의학과 심리 분야에서 사용되었는데요. 환율처럼 급격한 경제적 충격을 받았을 경우 금융 시스템의 붕괴를 대비하는 가상 시나리오, IT나 게임의 트래픽 안정성, 자동차와 공학 분야의 내구성 테스트에도 많이 쓰인다고 하네요.

보통 사람들은 만원 버스와 지하철 출근 전쟁 스트레스로 아침을 시작하죠. 이때 사람들의 공유 면적은 놀랍게도 정부가 보장하는 동물보호법의 동물 운송 규정(각각의 동물이 방해받지 않고 움직일 수 있는 적절한 공간이 제공되어야 한다)보다 좁아요.

사람은 살아 있는 한 스트레스에서 자유로울 수 없습니다. 『스트레스의 힘』이라는 책에는 3만 명의 미국인을 대상으로 한 스트레스 연구 사례가 나와요. 질문은 두 가지였습니다.

한 해 동안 경험한 스트레스가 많은가?
스트레스가 건강에 해롭다고 믿는가?

8년 뒤 참가자들의 사망자 숫자를 조사해보니, 스트레스 수치가 높은 사람들의 사망 위험이 43퍼센트나 높았다고 해요. 특히 스트레스가 건강에 해롭다고 믿었던 사람들의 사망 위험이 증가했습니다.

흥미로운 건, 높은 스트레스를 받았지만 스트레스가 나쁘지 않다고 믿었던 사람들의 사망 위험률이에요. 이들의 사망률이 가장 낮았습니다. 오히려 스트레스를 거의 받지 않은 그룹보다도 더 낮았어요. 스트레스가 정말 스트레스로 작용하려면, 일단 스트레스가 해롭다는 믿음을 가져야 한다는 인과론이 성립하는 거죠.

우주비행사, 응급구조사, 운동선수들은 스스로를 스트레스 상황에 가두고 훈련합니다. 이것을 스트레스 접종 또는 스트레스 면역이라 부르는데, 가상의 스트레스 상황에 도전해서 해결책을 찾아 스스로 성장하는 것이죠.

스트레스에 대한 우리의 사고방식은 심혈관계 건강에서 인생의 의미를 찾아낼 줄 아는 능력에 이르기까지 모든 면에서 영향을 미친다. 스트레스를 관리하는 최상의 방법은 그것을 줄이거나 피하는 것이 아니라 스트레스에 대해 다시 생각해보고 심지어 이를 포용하는 것이다.

___켈리 맥고니걸, 『스트레스의 힘』

　사람은 스트레스(고통)를 느끼면 거기서 새로운 의미를 찾습니다. 우리가 목표를 이루는 기쁨을 원한다면, 그 과정이 주는 고통도 함께 원해야 합니다. 가을의 잘 익은 사과는 지난여름의 비와 바람과 태양을 이겨내고 그렇게 빨간 사과가 된 것이니까요.

마음을 다해 대충 산다는 것

도망치는 건 부끄럽지만
도움이 된다

~~~~~~~~~~~~

만약 내가 가진 자유의 크기를 알 수 있다면 사는 데 얼마나 도움이 될까요?

이 문제에 대해 오래 고민한 적이 있습니다. 복잡한 일에 매여 있던 제게는 자유가 그만큼 절실했거든요. 고민 끝에 내린 결론이 있어요.

내가 가진 자유의 크기는 내가 그것을 멈출 수 있는가의 여부라는 거죠.

마지막 사표를 쓰던 날이 기억나요. 마음이 가벼웠습니다. 회사의 대리나 과장이 아닌, 내 이름으로 살아야겠다는 생각이 굳건했으니까요. 이제 직업적 정체성에 대한 고민은 끝났다고 생각했습니다. 적어도 한두 달은 그랬어요. 하지만 6개월이 넘어가자 슬슬 후회가 밀려오기 시작했습니다.

'내가 무슨 짓을 한 거지? 월급 없이 버틸 수 있는 시간이 얼마나 되는 거지?'

사표 방지용으로 일부러 회사에 배달시키던 택배 상자가 현관에 쌓일 때마다 공포와 후회에 젖어들었어요.

드라마 〈미생〉에서 퇴사한 한 선배가 오 차장을 찾아옵니다. 덤덤한 얼굴로 그가 말하죠.

"회사가 전쟁터라고? 밀어낼 때까지 그만두지 마라. 밖은 지옥이다!"

프리랜서 작가로 살아가는 일은 결코 쉽지 않았습니다. 한때 프리랜서 작가가 되면 내가 하고 싶은 일만 하면 된다고 생각한 적도 있어요. 하지만 현실은 정말 하기 싫은 일을 하지 않을 약간의 자유만을 누리는 게 다였어요. 물론 이것조차 전제 조건이 있어요. 성공한 프리랜서의 경우에만 해당되는 일이니까요.

예술의전당에 서고 싶었던 첼리스트 후배는 주말마다 결혼식 연회장에 섰습니다. 노벨문학상을 꿈꾸던 후배는 노벨 어린이 글짓기 교실에 섰죠. 한류 스타로 우뚝 선 김수현도 한때는 〈서프라

이즈〉라는 프로그램에 출연하는 재연 배우였습니다.

이번 회는 매우 잘 쓸 자신이 없습니다.
하지만 열심히 쓰겠습니다.
저 아사히 신문을 퇴사하게 되었습니다.

___《아사히신문》편집위원 이나가키 에미코, 2015년 10월 칼럼

쉰 살에 회사를 그만둔 한 여자가 있습니다. 그녀의 이름은 이나가키 에미코. 기자로 입사한 그녀는 《아사히신문》의 인기 칼럼니스트였어요.

회사를 그만두면 가장 불안한 건 역시 돈 문제잖아요? 다음 달에 날아올 카드값을 생각하면 눈앞이 깜깜해지기 마련이고요. 그런데 이 놀라운 여자는 돈이 자꾸 쌓여서 문제라고 말합니다. 비법이 궁금해서 두 눈에 불을 켜고 그녀의 책을 읽기 시작했어요.

이나가키 에미코는 제일 먼저 집값이 싼 동네로 이사를 갔어요. 집에 가스를 놓는 대신 버너를 썼고요. 목욕은 동네 목욕탕을 이용했습니다. 그녀의 작업실은 대낮 공원의 벤치. 그녀는 적게 일하고 적게 버는 대신 적게 쓰는 삶을 택했습니다. 덕분에 시간 부자가 됐어요. 남아도는 시간에 카페를 빌려 동네 사람들에게 요가 강습도

했어요. 즐거워서 하는 무료 봉사였어요.

"회사는 적당히 좋아하면 되지 사랑하지 않는 편이 좋습니다!"

이것이 그녀의 주장입니다. 회사는 나를 만들어가는 곳이지 내가 의지해가는 곳이 아니다!

그녀가 퇴사를 결심한 건 마흔 살 때예요. 흥미로운 건 퇴사를 결심하는 순간 일이 더 재밌어졌다는 겁니다. 회사가 나를 착취하는 게 아니라 내가 회사를 도와주고 있다고 생각을 바꾸자 마음이 여유로워진 거죠. 10년간의 준비 끝에 그녀는 회사를 그만둡니다. 그녀 식대로 표현하면…… 퇴사가 아니라 '졸업'을 한 거예요.

취업이 지상 과제인 세상에 퇴사를 꿈꾸는 사람들이 있습니다. 퇴사 학교가 생겨날 정도죠. 하지만 나다운 삶이란 어떤 것일까요? 회사에 속해 있으면서도 나를 독립적으로 세우려면 무엇을 어떻게 준비해야 할까요. 퇴사가 졸업이 되려면 우리는 무엇을 기억해야 할까요?

『퇴사 준비생의 도쿄』 저자인 이동진 대표는 회사를 그만두고 나서가 아니라 그만두기 전에 카드값부터 줄여보라고 제안합니다. 생활비를 최대한 줄여서 자신이 얼마의 돈으로 생존할 수 있는지 퇴사 전에 미리 실험해보는 거죠. 그렇게 하면 막연하게 두려워하

마음을 다해 대충 산다는 것

는 게 아니라, 현실적인 대안을 찾을 수 있게 됩니다. 가령 자신이 무엇을 포기할 수 있고 무엇을 포기할 수 없는지 구체적인 생활 감각이 생기는 거죠.

들어가는 것보다 나오는 게 언제나 더 힘들어요. 함께 들어가지만 혼자 나오게 되니까요. 입학보다 졸업이, 입사보다 퇴사가 언제나 어려워요.

하지만 퇴사보다 두려운 건 원치 않는 은퇴죠. 만약 인생이 동화 같다면 '퇴사 후 그들은 오래오래 행복했습니다'로 끝났겠죠. 그러나 퇴사가 꼭 행복으로 가는 지름길은 아닙니다.

삶은 언제나 거대한 질문 같아요. 답을 찾아 나서는 길고 긴 과정 말이죠.

가끔은
쉼표

～～～～～～～

돈이 없는 사람은 왜 계속 돈이 없을까요? 시간이 부족한 사람은 왜 매일 시간 부족에 시달릴까요? 연체 이자도, 체납 벌금도, 연재나 약속 펑크도, 내는 사람만 계속 냅니다. 결핍이 결핍을 부르는 이런 악순환이 계속되는 이유는 무엇일까요?

배고픈 사람에게는 모든 것이 음식으로 보이죠. 돈에 쪼들리는 사람에게는 백원짜리 동전 하나도 예사로 보이지 않습니다. 외로운 사람은 파트너를 찾기 위해 혈안이 되고요.

행동경제학자인 센딜 멀레이너선과 엘다 샤퍼는, 뭔가(시간, 돈, 칼로리 등)가 결핍됐을 때 인간이 어떤 행동을 하는지 관찰했습니다. 부족함을 느낄 때 우리의 사고가 얼마나 비정상적으로 작동하는지 연구한 것이죠.

결핍은 어떤 것을 적게 소유하는 불편함을 느끼게 할 뿐 아니라 우리 인생을 바꿔놓기도 합니다. 시간에 늘 쫓기는 사람은 신용 불량자가 돈을 제대로 관리하지 못하는 것과 같은 이유로 시간을 효율적으로 관리하지 못해요. 결핍이 우리의 사고방식을 바꾸고 마음을 지배하기 때문이죠.

결핍은 큰 실수를 만듭니다. 시간에 쫓기는 사람들은 연체료가 계속 불어나게 돼요. 가난하고 바쁜 사람들은 쉽게 사 먹을 수 있는 정크푸드를 자주 먹게 되고 비만해지기 쉽죠.

여러 프로그램을 동시에 실행하면 컴퓨터는 처리 속도가 느려집니다. 우리 삶도 그렇죠.

이런 상황을 짐 싸기에 비유할 수 있어요. 큰 가방에 짐을 싸는 사람은 운동화나 우산을 넣을 때 그저 운동화가 필요한지, 우산이 필요한지만 생각하면 됩니다. 하지만 작은 가방에 짐을 싸는 사람은 여유 공간을 확보하기 위해 무엇을 포기할 것인지도 함께 생각해야 해요. 운동화를 넣는 대신 우산은 포기해야 하는 겁니다. 그렇게 그는 짐 싸기에 골몰하며 자신의 선택을 쉽게 확신하지 못하고 의심하게 돼요.

우산을 넣지 않았다가 혹시 비가 오면? 운동화를 빼놨는데 산에 가게 되면 어쩌지 하고 고민하게 돼요.

이런 악순환에서 어떻게 벗어나야 할까요?

행동경제학자의 답은 느슨함입니다.

우리는 누구나 시간에 한해 느슨함을 경험한 적이 있어요. 여유로운 주말이면 사람들은 일정을 넉넉하게 비워두니까요.

유대교의 안식일은 쉰다는 의미를 조금 더 적극적으로 포용한 발명품이에요. 이날은 일은 물론이고 계획을 세우거나 요리를 하거나 운전조차 하지도 않으니까요. 아무리 바쁘고 급한 일이 있다고 해도 일주일에 하루, 안식일에는 나 자신을 위해 온전히 쉬는 겁니다. 그 어떤 선택도 요구되지 않으므로 우리 뇌는 딜레마에 빠질 일 없이 고요한 휴식에 들어가는 겁니다. 적어도 일주일에 한 번씩은 말이죠.

매년 수술실 부족 현상에 시달리던 병원에 전문 컨설턴트가 내린 처치는 '응급 수술을 위해 수술실 하나를 24시간 비워두는 것!'이었어요. 가뜩이나 병실이 부족한데 수술실을 통째로 비워놓으라니요. 하지만 이런 역설적인 조치가 기적을 불러옵니다.

전에는 의사들이 수술 일정을 가능하면 주초에 잡으려고 했어요. 주말 가까이 수술 일정을 잡으면, 까딱하다가는 밀려서 주말에 수술을 하게 될 수도 있었으니까요. 그러다 보니 대기 수술이 주초

마음을 다해 대충 산다는 것

에 몰려 수술실이 모자라는 현상이 벌어졌습니다. 그런데 긴급 상황에 대비해 수술실 하나를 통째로 비워두자, 얼마 지나지 않아 수술 일정은 주초, 주중, 주말 모두 고르게 배치되기 시작했습니다. 상황이 개선되자 여유가 생긴 거죠.

뉴욕 맨해튼 중심에 센트럴 파크가 있습니다. 구글맵에서 보면 직사각형 모양의 녹색 공간이에요. 맨해튼의 도시 설계자였던 로버트 모지스는 설계 도중 누군가에게 이런 조언을 듣게 되었어요.

"만약 맨해튼의 중심부에 큰 공원을 설계하지 않으면, 5년 후에는 똑같은 크기의 정신병원을 지어야 할 것이다!"

바쁠수록 우리에게는 빈 공간이 필요해요. 여유가 있을 때 우리는 비로소 똑같은 일을 다르게 바라볼 수 있어요. 동료의 실수를 그의 무능함이 아닌 피곤함으로, 짜증을 연민으로 해석할 수 있게 되죠.

만약 당신의 인생이 하나의 긴 문장이라면, 거기에는 반드시 쉼표가 필요합니다.

인생을 바꾼
2분

～～～～～～

팀 페리스의 책 『타이탄의 도구들』을 읽었습니다. 책에 등장하는 데릭 시버스는 테드 강연자이자 베스트셀러 작가였어요. 그는 '시 디 베이비'라는 온라인 음반 사이트를 만들어 엄청난 돈을 번 사업가이기도 했어요. 캘리포니아의 산타모니카 해변에 살 때 그는 자전거 타기에 빠졌습니다. 매사 전력투구 모드였던 그는 자전거를 탈 때 늘 기록을 단축하기 위해 있는 힘껏 페달을 밟았어요. 하지만 얼굴이 시뻘게질 정도로 노력해도 기록이 쉽게 줄지 않았어요. 늘 43분대를 맴돌기만 했죠.

그러던 어느 날 자전거를 타다 우연히 마주친 하늘이 참 예뻤습니다. 구름의 모양이 특이했거든요. 문득 하늘을 바라봅니다. 그제야 자신이 달리고 있는 해변 도로의 바다가 눈에 들어왔어요. 그날

그는 돌고래를 보게 됩니다. 펠리컨들의 날갯짓을 목격하기도 하죠. 느긋한 마음이 들자 주위 풍경이 그의 눈으로 걸어 들어왔어요.

평소처럼 숨이 차지도, 기록을 갱신하겠다는 조급함도 없이 그날의 하이킹은 즐거움과 충만함이 가득했죠. 정작 가장 놀라운 일은 자전거 타기를 멈춘 후에 벌어졌습니다. 습관처럼 시계를 보고는 45분이 걸렸다는 걸 알게 된 거예요. 있는 힘껏 페달을 밟았을 때보다 고작 2분이 더 걸렸을 뿐이었습니다.

그는 충격에 빠졌어요. 시뻘겋게 달아오른 얼굴, 숨 막히는 고통과 스트레스가 자신의 삶에서 겨우 2분의 시간을 벌어주었을 뿐이라는 진실과 마주쳤으니까요.

우리는 살아가는 동안 온갖 군데서 돈을 최대한 짜내고 분초를 다투면서까지 시간을 빈틈없이 쓰려고 노력합니다. 하지만 우리에게 필요한 건 어쩌면 '멈추는 것'인지도 몰라요. 내면에서 흘러나오는 비명을 알아차려야 합니다. 절박한 몸이 내게 보내는 신호이니까요.

그는 드디어 자신이 스스로에게 던졌던 질문에 어떤 문제가 있었는지 알게 됩니다.

'내가 지금 뭘 해야 하지?'
이건 옳은 질문이 아니었어요.
'내가 지금 뭘 하고 있는 거지?'
이것이 옳은 질문이었습니다.

그건 바로 나와 지금 이 순간이 맺고 있는 관계에 대한 질문이었어요. 과거의 나와 끊임없이 경쟁하는 현재의 내가 아니라, 현재의 내가 만나는 지금 이 순간에 대한 질문이었습니다.
이상 신호를 감지하고 멈출 줄 아는 것.
좋은 신호를 얻기 위해 2분을 기다릴 줄 아는 것.

어쩌면 그 2분이 당신의 인생을 바꿀지도 모릅니다.

틈,
바람이 지나가는 길

〰〰〰〰〰〰〰

'제티슨(Jettison)'은 비행기나 선박이 위기에 처했을 때 짐을 바다에 버려 무게를 줄이는 것을 뜻합니다. 비상시에는 사람의 생명을 제외한 물건은 버리는 게 원칙이죠. 비행기가 항공유를 공중에 쏟아 폭발 가능성을 줄이는 것도 제티슨의 일종입니다.

일본 교토에 갔을 때 가장 인상적이었던 건 절 안의 다실이었어요. 다실은 텅 비어 있었어요. 덕분에 방 안은 햇빛이 그리는 다양한 무늬를 가득 품고 있었습니다. 오전의 햇살이 움직일 때마다 그무늬들은 벽과 바닥을 산책하듯 명랑하게 활보했어요. 마치 햇빛이 마구 찍어놓은 시간의 발자국들처럼 말이죠. 고급스런 인테리어나 가구가 아닌 햇빛과 바람, 너울대는 나무 그림자가 채우는 방의 아름다움을 그곳에서 처음 깨달았어요.

이사를 자주 하면 늘 생각보다 물건이 많다는 걸 깨닫게 됩니다. 더 큰 깨달음은 이사 직후에 찾아와요. 짐을 들어낸 공간이 이렇게 넓었나 하는 놀라움이죠. 이사를 할 때마다 매번 결심했어요. 이번에야말로 미니멀리스트로 새롭게 태어나겠다! 오랫동안 '정리'와 '심플라이프'에 대한 책을 읽어왔어요. 『심플한 생활의 권유』라는 책에서는 이런 문장을 발견하기도 했고요.

간소한 생활은 아름답습니다. 이는 검소와는 다른 것입니다.

미니멀리스트로 산다는 건 단순히 물건을 적게 소유하는 걸 뜻하지는 않아요. 그것은 좋은 옷을 사서 오래 입겠다는 결심, 건강한 음식을 천천히 씹어 소식하겠다는 마음가짐, 무의미한 일에 쏟는 에너지를 줄이겠다는 다짐까지 포함하는 포괄적인 인생철학일 수 있으니까요.

고백하면 저는 새해가 될 때마다 금연을 선언하는 사람처럼 미니멀리스트 되기에 실패했어요. 꿈에서도 버린 물건이 떠올라 한밤중에 산발한 채로 공포영화 속 주인공처럼 아파트 지하에 있는 재활용품 수거함을 뒤진 게 한두 번이 아니니 말 다 했죠. '언젠가 필요할지 몰라병'은 수시로 도졌습니다. 하지만 작년에는 꽤 많은 물건을 다른 사람에게 주거나 정리했어요(그 후로도 몇 번 실패하긴 했지만요).

　정리의 핵심은 잘 버리는 겁니다. 잘 버리는 것의 핵심은 무엇을 간직할지 정하는 것이고요. 당연히 여러 번 망설이게 되고, 실패와 성공을 반복하죠. 하지만 잘 버려야 비로소 내 삶에 소중한 것들만 남아요.

　　　우리는 공간을 채우느라 공간을 잃는다.

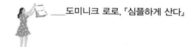

　　　　　　　　　　　　　　　　　　___도미니크 로로, 『심플하게 산다』

　상자 속 사과도 좁은 공간에 맞닿아 있으면 닿아 있는 부분부터 먼저 썩어요. 여행을 하면 한 번도 쓰지 않으면서 가져온 책과 물건이 많다는 걸 자주 느껴요. 짐이 많을수록 여행이 힘들다는 것도요.

　우리가 흔히 오해하는 법정 스님의 '무소유'는 아무것도 가지지 않는 게 아닙니다. 진정한 의미의 무소유는 필요하지 않은 것을 가지지 않는 게 아닐까요?

어른의
맛

～～～～～～

친구와 올해 첫 냉면을 먹었어요. 어릴 적에 가정 형편이 어려웠던 친구는 고등학교 1학년 여름방학 때 처음 냉면을 맛보았다고 해요. 이모 집에 놀러 갔다가 이모부가 사준 냉면이 '인생 냉면'이었다고 웃으며 말해주었어요. 쫄깃하고 새콤달콤한 함흥냉면이었습니다.

저에게 처음으로 각인된 마법의 맛은 바나나 우유였어요. 어릴 때 줄곧 흰 우유만 마셨거든요. 딸기 우유를 마시면 얼굴이 빨개지고, 초코 우유를 마시면 까매질 거라는 엄마의 (황당한) 경고 때문이었죠(지금은 제가 그 말을 정말로 믿었다는 게 더 황당해요).

그래서 초등학교 입학 후, 친구 집에서 우연히 맛본 바나나 우유의 달콤함은 내내 잊히지 않습니다. 엄마 몰래 하는 행동에 동반하는 달콤한 죄의식 때문이었겠죠? 아이스크림, 초콜릿, 쿠키, 케이크……. 달콤한 걸 좋아하는 습관은 쉽게 바뀌지 않았어요.

하지만 시간이 흐르면서 너무 자극적이고 달콤한 음식을 예전만큼 좋아하지는 않게 되었습니다. 분명 어렸을 때는 좋아했던 화려한 맛인데 지금은 그 맛이 부담스러워진 거죠.

> 우리 몸에서 제일 늦게 성장을 시작하는 기관이 혀다. 혀는 몸의 성장이 끝난 후 비로소 성장이 시작된다. 그래서 젊을 때는 대부분 화려한 맛을 좋아하다가 나이가 들면 점점 재료 본연의 맛을 찾게 된다. 이것이 대중성과 요리에 대한 내 고집 사이에서 갈등이 일어나는 이유다.
>
> ___《한겨레》 2012년 6월 30일, 박찬일 셰프 인터뷰 기사

이제는 저도 평양냉면을 맛있게 먹을 수 있는 나이가 되었습니다. 냉면을 먹기 전에 나오는 메밀 면수의 텁텁한 듯 깊은 맛도 알게 됐죠. 초당두부의 첫맛도 평양냉면과 비슷하지 않을까요. 그걸 어른들은 종종 '네 맛도 내 맛도 아닌 맛'이라고 표현하는데요. 그 오묘한 맛이 씹을수록 입안에서 천천히 고소해지는, 어른의 맛 아닐까 싶습니다.

인류학자인 레비스트로스가 요리의 삼각형이라 명명한 것 중에
는 끓인 것, 구운 것, 썩은 것이 있어요. 썩은 것에 해당하는 발효의
맛은 음식에 시간이 깃들어 삭을 때의 맛입니다. 어른의 맛이라 불
러볼 만한 맛이죠. 어릴 때 김치와 젓갈을 싫어하는 건 자연스러운
거예요. 미각이 아직 성숙하지 않은 시기이니까요.

자극적이지 않은 본연의 맛, 재료의 숙성에서 나오는 축적된 시
간의 맛이 점점 더 좋아집니다.

사람들과의 관계도 그런 게 아닐까 싶어요. 처음부터 과도한 관
심과 친절로 다가오는 사람보다는, 평범한 미소와 부드러움으로
그 자리에 있는 사람이 더 편안하잖아요.

이제 약간의 거리를 둔 채, 서로 격려하고 힘들 때 돕는 느슨한
관계가 점점 좋아집니다. 밍밍함이 아닌 담백함, 미지근함이 아닌
따스함이라 말할 수 있는 것들이죠. 모두 어른의 맛을 알아갈 즈음
제가 간신히 알게 된 것들이에요.

여행하지 않을
자유

~~~~~~~~~~

피코 아이어의 에세이 『여행하지 않을 자유』는 떠날 수 없는 사람들에게 다정한 위로처럼 건네고 싶은 책이에요. 떠나고 싶지 않은 사람, 떠나지 못해 속상한 이들에게도요.

당대의 위대한 탐구자였던 헨리 데이비드 소로는 자신의 일지에 이렇게 썼다. "당신이 어디를 여행했는지, 얼마나 멀리 여행했는지는 중요하지 않다. 사실 멀리 갈수록 대개 더 나쁘다. 그보다는 당신이 얼마나 살아 있는지가 더 중요하다."

우리에게 〈아임 유어 맨〉으로 잘 알려진 가수 레너드 코헨은 "아무 데도 가지 않는 것이야말로 바깥의 모든 장소를 이해할 수 있는 원대한 모험이다"라고 말했어요.

우리에게는 이미 "앉아서 천 리를 본다"라는 속담이 있죠.

책을 다섯 권쯤 냈을 때 생긴 증상이 있습니다. '무엇 무엇 하지 않을'이라는 제목의 책이 보이면 당장 읽어보고 싶은 마음이 들었어요. 이유가 뭘까 마음을 헤아렸더니, 살면서 무엇 무엇을 하느라 쌓인 실패와 실망 탓이라는 걸 알게 됐어요. 물론 더 근본적인 이유도 있습니다. 자유에 대한 제 기준이 협소해진 거죠.

이제 저는 '해야 할'이 아니라 '하지 않을' 자유가 한결 마음에 와 닿아요.

만나지 않을 자유, 듣지 않을 자유, 보지 않거나 선택하지 않을 자유 같은 것 말이죠.

돈에 대한 생각도 조금씩 바뀌었습니다.

우리는 종종 보기 싫은 상사나 선배의 얼굴에 사표를 던지며 "망할!"이라 외치며 당당히 걸어 나가는 자신의 모습을 상상하죠. 생각만으로도 속시원한 이런 행동을 우리가 차마 실행하지 못하는 이유는 (망할) 돈 때문입니다. 그래서 이걸 미국에서는 '퍽 유 머니 (fuck you money)'라고 불러요. 언제든 직장을 그만둘 수 있을 정도의 돈을 뜻하죠. 우리나라의 '시발 비용'과 비슷한 맥락일 거예요.

믿고 싶지 않겠지만, 가고 싶고 사고 싶은 것을 얻기 위해 쓸 때가 아니라, 나를 훼손하지 않기 위해 쓸 때 돈은 더(더더) 큰 가치를 발휘합니다. 문제를 해결하는 데가 아니라 피하는 데 사용할 때 돈은 더 큰 힘을 발휘할 때가 많아요(치과에 가지 않은 탓에, 큰 돈을 들여 여행 간 발리에서 진통제를 삼키며 치통을 참던 밤이 떠오르네요. 모기는 또 어찌나 많던지……). 가장 현명한 사람은 위험을 무릅쓰지 않고 위험을 피하죠. 이제 하고 싶은 것을 하기 위해서가 아니라 정말 하기 싫은 것을 '하지 않기 위해' 돈이 필요하다고 생각할 때가 더 많아졌어요.

제 생각은 이렇게 계속 흐르며 변하고 있어요.

여행에 대해 바뀐 생각은 이렇습니다.

저는 여행을 늘 '복기'하는 방법으로만 담아냈어요. '보는 눈'이 아니라 '봤던 눈'으로 들여다보곤 했죠.

현재를 즐기라! 라틴어로 '카르페 디엠'이라는 말이 있는데요. 사실 이 멋진 말은 여행을 떠난 제게는 해당되지 않는 말이었습니다. 여행지에서 정작 여행의 풍경을 만끽하지 못하다니, 바보 같죠? 하지만 오랜 시간 고장 나 있던 시계처럼 저의 이런 습성은 잘 고쳐지지 않았어요.

본 것을 제시간에 기사로 써서 송고해야 한다는 불안감, 느낀 것을 언젠가 꼭 소설로 써야 한다는 강박 때문이었을까요?

　말하자면 제 여행은 집으로 돌아가는 버스 안에서 비로소 시작
됐어요. 인천으로 향하는 비행기 안에서야 비로소 안심이 됐으니
까요. 그러니까 어떤 의미에서는 현장이 아닌 머릿속에서, 기억이
아닌 추억의 형태로, 공항버스 유리창 너머로 그제야 여행에 대한
단상이 담긴 거죠.

　제게 여행은 어딘가로 '떠나기 위한' 것이 아니라 늘 집으로 다
시 '돌아오기 위한' 것입니다.

　어떻게 변할지 모르겠지만 지금의 저에게 여행은 도돌이표 같
아요.

　모든 사람이 여행을 좋아하는 건 아닙니다. 여행을 꼭 좋아해
야 하는 것도 아니에요. 당연히 집을 더 좋아하는 사람들도 있고요.
『내 방 여행하는 법』이라는 책을 쓴 사람이 있을 정도이니까요. 이
제 떠나지 못한 분들을 위한 처방전 하나를 읽어드릴게요. 제게는
이 문장이 에밀리 디킨스의 시처럼 들렸어요.

　　　속도의 시대에, 느리게 가는 것보다 더 활기찬 일은 없으리
　　　라. 산만함의 시대에, 주의를 기울이는 것보다 더 호화로운

기분이 드는 일도 없으리라. 그리고 끊임없이 움직여야 하
는 시대에, 가만히 앉아 있는 것보다 더 시급한 일은 없으
리라.

___**피코 아이어, 「여행하지 않을 자유」**

밥 먹지 않은 자,
일하지 말라!

～～～～～～～

매년 휴가나 설, 추석이 되면 보게 되는 문구가 있습니다. 대개 이런 문구는 세탁소나 백반집, 옷 가게 같은 영세 자영업자의 상점 철제 셔터에 붙어 있죠.

7월 30일~8월 1일 휴가 갑니다. 죄송합니다.

이런 메모를 볼 때마다 생각했어요. 뭐가 죄송할까. 1년에 고작 3일, 그것도 주말을 끼워서 쉬는데 말이죠. 속상한 건 그마저도 쉬지 못하는 가게가 많다는 거예요. 경기가 좋지 않다 보니 '설날 당일 영업합니다!'라는 푯말이 붙은 식당이 많아진 것도 사실이니까요.

마음을 다해 대충 산다는 것

식당을 했던 부모님에게 휴가는 없었어요. 가족은 한 번도 어버이날 당일에 외식을 해본 기억이 없습니다. 어버이날은 요식업계의 대목이었고, 우리 가족의 주요 행사는 늘 그 하루 전이나 이틀 후가 되곤 했어요.

자영업자는 고용주이지만 노동자이기도 해요. 스스로 과로의 가해자이면서 동시에 피해자인 셈이죠.

한국 사회는 IMF 경제 위기 이후 극적으로 변화했습니다. 대량 해고와 폐업 정리는 텔레비전 뉴스가 아닌 가족이나 친구의 일이 되었죠. 그것은 모두에게 외상 후 스트레스 장애로 남았어요. 언제든 삶의 안전망이 사라질 수 있다는 공포 때문에 우리는 점점 더 자기 착취에 무감해졌으니까요.

며칠 전 점심을 먹은 김치찌개집에서 문구 하나를 발견했어요.

'밥 먹지 않은 자, 일하지 말라!'

취업을 위해 다이어트 중인 조카가 냉장고 위에 붙여놓았던 '먹으면 죽는다!'라는 문장이 떠올라 마음이 묘했습니다.

먹지 않으면 죽습니다. 쉬지 않으면 우리의 영혼은 물론 몸 역시 죽어버립니다. 잠은 시간 낭비가 아니라 효율적인 뇌 사용을 위한 투자입니다. 낭비가 아닌 투자인 거죠.

휴가 가는 건 죄송할 일이 아닙니다. 죄송할 게 이리 많아서야 건강한 사회라고 할 수 있나요. 쉬는 게 죄송하지 않은, 당연한 날은 언제쯤 올까요?

오늘이 ······ 내 인생의 가장 어린 ······ 날입니다

가장 하고 싶은
바로 그 일을 하렴

〰〰〰〰〰〰

세상이 거대한 흰색 모포에 덮여 있는 듯 며칠 내내 눈이 내렸습니다. 일본 홋카이도의 한 료칸에 머무를 때였어요. 공항이 폐쇄되고, 열차가 멈춰 서고, 상점의 셔터가 내려져 있었습니다. 세상이 잠시 깊은 숨을 참고 있는 것처럼 보였어요. 그렇게 고요한 눈 세상 속에서 평생 볼 눈을 하염없이 본 것 같아요. 시집 한 권을, 불을 밝힐 유일한 성냥처럼 쥐고 말이죠.

두 번은 없다. 지금도 그렇고
앞으로도 그럴 것이다. 그러므로 우리는
아무런 연습 없이 태어나서
아무런 훈련 없이 죽는다.

우리가, 세상이란 이름의 학교에서
가장 바보 같은 학생일지라도
여름에도 겨울에도
낙제란 없는 법.

반복되는 하루는 단 한 번도 없다.
두 번의 똑같은 밤도 없고,
두 번의 한결같은 입맞춤도 없고,
두 번의 동일한 눈빛도 없다.

어제, 누군가 내 곁에서
네 이름을 큰 소리로 불렀을 때,
내겐 마치 열린 창문으로
한 송이 장미꽃이 떨어져 내리는 것 같았다.

오늘, 우리가 이렇게 함께 있을 때,
난 벽을 향해 얼굴을 돌려버렸다.
장미? 장미가 어떤 모양이었지?
꽃인가, 돌이었던가?

야속한 시간, 무엇 때문에 너는

쓸데없는 두려움을 자아내는가?

너는 존재한다―그러므로 사라질 것이다

너는 사라진다―그러므로 아름답다.

미소 짓고, 어깨동무하며

우리 함께 일치점을 찾아보자.

비록 우리가 두 개의 투명한 물방울처럼

서로 다를지라도…….

___비스와바 쉼보르스카, 「두 번은 없다」

비스와바 쉼보르스카는 폴란드의 시인이자 번역가입니다. 시인들은 그녀를 '시인의 시인'이라고 부르기도 하죠.

그녀는 1996년 노벨문학상을 받은 후 2012년까지 많은 작품을 썼는데요. 저는 마음이 쉬이 흩어지고 불안할 때마다 그녀의 시 「두 번은 없다」를 반복해서 읽습니다. 그러면 문학의 엄마이자 할머니인 그녀가 제 머리를 천천히 쓰다듬으며 이렇게 속삭이는 것 같거든요.

'두 번은 없단다. 반복되는 하루는 단 하루도 없어. 지금 이 밤도, 네가 지금 흘린 눈물도 점점 희미해지고, 다시 없이 사라지고 있단

다. 그러니 지금 네가 가장 하고 싶은 바로 '그 일'을 하렴. 두려워하지 말고 나아가렴.'

중요한 건 시를 눈이 아닌 입으로 소리 내어 읽는 겁니다. 또박또박, 한 자 한 자, 쉼표 하나까지 밥알을 꼭꼭 씹어 넘기듯 말이에요. 그러면 시란 본래 읽기 위한 게 아니라, 아름다운 노래처럼 듣기 위한 형태로 존재한다는 걸 온몸으로 느낄 수 있을 거예요.

세상에 누구도 없는 듯 아픔이 찾아오면 내가 나에게 들려주는 위로의 말을 찾아낼 수 있어야 해요. 이 시를 서랍 안에 포개어 잘 넣어두세요. 저처럼요.

오늘은 내 인생의
가장 어린 날

～～～～～～

제1차 세계대전 말 미국의 뉴올리언스, 어느 날 어린 아기가 양로원 문 앞에 버려집니다. 놀랍게도 아이는 80세 노인의 얼굴을 하고 있었어요. 사람들은 아이를 벤자민이라 부릅니다. 시간이 흐르자 더 놀라운 일이 벌어져요. 나이가 들수록 벤자민의 얼굴이 젊어지거든요. 벤자민이 열두 살이 되었을 때 그는 80대에서 60대의 외모를 가지게 됩니다. 노인에서 중년으로, 중년에서 청년으로, 청년에서 다시 어린 아기로, 벤자민의 시간은 보통 사람들과 다르게 거꾸로 가요.

"내가 신이라면 청춘을 인생의 맨 마지막에 놓겠다"고 말한 이는 톨스토이입니다.

이 말은, 삶의 가장 빛나는 순간은 청춘이라는 뜻일 테죠. 하지

만 돌이켜보면 청춘은 아름답지만 가장 불안정하고 어리석은 시기
이기도 합니다. 여기저기 씨앗을 뿌려도 도무지 싹이 나올 기미가
보이지 않는 가슴 답답한 시절이기도 하죠(저는 그 힘든 20대로 다
시 돌아가고 싶지 않아요).

벤자민 버튼의 생로병사는 아기로 태어나 젊은이에서 노인으로
죽어가는 우리와 정반대이지만 이 둘은 동양의 윤회 사상과 뫼비
우스의 띠처럼 겹쳐져요. 영혼을 믿든 믿지 않든, 보이는 삶에는 죽
음이라는 끝이 존재합니다. 삶을 한 권의 책에 비유하는 건 끝이 있
기 때문일 거예요.

> 가치 있는 일을 하는 데 있어서 늦었다는 건 없다.
> 하고 싶은 것을 시작하는 데 시간의 제약은 없단다.
> 너를 자극하는 뭔가를 발견해내기를 바란단다.
> 전에는 미처 느껴보지 못했던 것들을 느껴보길 바란다.
> 서로 다른 시각을 가진 많은 사람을 만나보기 바란단다.
> 네가 자랑스러워하는 인생을 살기를 바란단다.
> 이게 아니다 싶으면 다시 처음부터 시작할 수 있는 강인함
> 을 갖기를 바란단다.
>
> ___〈벤자민 버튼의 시간은 거꾸로 간다〉

가끔 스스로에게 '왜 사는가'라고 질문합니다. 10대에는 대학에 가기 위해, 20대에는 취업하기 위해 살았던 것 같아요. 이렇게 살다 보니 10대의 풋사랑은 대학의 걸림돌처럼 느껴졌고, 20대의 잦은 실패는 취업의 장애물로만 보였습니다. 지름길로 가고 싶어 길옆에 핀 꽃을 보지도 못한 채 지나가버린 거죠. 왜 사느냐는 질문에 대한 답은 여전히 모르겠습니다. 스물아홉의 제가 서른아홉의 나를 알 수 없었듯, 마흔아홉의 삶 역시 예측하긴 힘들 테니까요. 살아보지 않은 나이를 우리는 영원히 모를 겁니다.

전 세계적으로 가장 많이 팔린 책이지만, 가장 읽기 힘든 책 중 하나인 『시간의 역사』의 저자 스티븐 호킹 박사 역시 비슷한 질문을 던집니다.

"우주가 어떻게 만들어졌는지는 알겠는데 왜 만들어졌는지는 모르겠다!"

천재 물리학자가 평생 찾지 못한 답을, 저 역시 찾지는 못할 겁니다.

이제 10년 후 거창한 무언가를 이루겠다는 생각보다는 10일, 10시간 후의 나와, 10분, 10초 후의 세계에 더 집중하려 노력합니다. 어쩌면 현자는 그 10초가 1초에 맞닿은 후, 지금 이 순간에 머무는 영원의 기술을 터득한 사람들일지 모르겠네요.

타인과 나의 관계보다 중요한 게 나와 나의 관계라면, 그것보다 더 근본적인 건 나와 지금 이 순간의 관계가 아닐까요. 내가 살 수 있는 건 지금 이 순간뿐이고, 미래와 과거는 우리 힘으로 어쩔 수 없는 것이니까요.

노인에서 아기가 된 벤자민 버튼의 얼굴을 오래 바라봤습니다. 가장 긴 시간을 살아낸 벤자민의 얼굴이 가장 어리다는 건, 제게는 삶에 대한 아름다운 은유처럼 느껴졌어요.

잊지 마세요.
오늘은 내 인생의 가장 어린 날입니다.

몸의
일기

~~~~~~~~~

여기, 12세부터 88세 마지막 해에 이르기까지 일기를 써온 아버지
가 있어요. 그는 세상을 떠나기 전에 딸에게 유산을 남기는데, 그것
은 자신이 평생 몰래 써온 일기장이었어요. 그 일기장은 특별한 기
록으로 가득했습니다.

가령 73세 1개월 18일의 일기는 소변 줄을 단 채 밖으로 나간
이야기에서 시작되죠. 다니엘 페나크의 소설 『몸의 일기』의 주인
공은 몸의 변화를 기록한 자신의 일기장을 비밀 정원, 자신이 가꾼
영토라고 표현합니다. 몸이 자신에게 들려주는 이야기에 귀 기울
여요.

1996년 11월 28일 목요일 소변 줄을 단 채 밖에 나갔다.
(…) 본질적인 문제는 다른 데 있다. 내 기능, ―오줌 누는

오늘이 내 인생의 가장 어린 날입니다

기능—당연히 내 것이라 믿고 있었던 그 기능이 문제다. 언제나 내 의식에 복종하고, 내 욕구에 따라 작동하고, 내 결정에 따라 충족되던 기능, 그 기능이 이제 내 의지를 벗어나 자기 자신으로 되돌아간 것이다.

___다니엘 페나크, 「몸의 일기」

저 역시 죽는 그날까지 일기를 쓴다면, 그것은 결국 낡아가는 몸과 관련된 얘기일 거라고 짐작했어요. 실은 얼마 전에 제가 쓴 일기의 내용 역시 몸의 변화, 노안(老眼)과 관련된 것이었거든요.

실은 한두 달 전부터 책 보는 것이 불편해졌어요. 벚꽃이 피던 즈음부터 글자가 다소 흐릿해져서 근시용 안경을 벗었는데 (맙소사!) 글자가 너무 선명하게 보이는 겁니다. 눈을 세 번이나 비볐는데도 너무 잘 보여서 슬펐어요. 책과 모니터를 많이 봐야 하는 직업의 특성상 별수 없는 일이라고 위안했지만 쓸쓸했어요. 안과에 갔더니 의사가 지금은 초기지만 가까운 것은 점점 더 잘 보이지 않을 거라고 말했습니다. 멀리 떨어뜨려야 글자가 더 선명해 보일 거라고 말이죠. 늘 적당한 거리를 두고 작업하라는 당부도 잊지 않더군요.

적당한 거리란 어느 정도의 거리일까요. 집으로 가는 길 내내 생각했습니다. 궁리 끝에 노안이 찾아온 까닭은 이제 작은 일에 너무 세세하게 매달리지 말고 좀 더 큰 세상을 보라는 뜻이라 생각하기로 마음먹었어요. 삶이나 사람에 가까이 붙어 아옹다옹하지 말고, 한 걸음 떨어져 크게 보라는 뜻이라고 말이죠.

노안이 간격과 거리에 대한 몸의 일기라고 생각하자 마음이 조금은 가벼워졌습니다. 그래도 돋보기를 쓰게 되는 날이 되면 별수 없이 씁쓸해지긴 하겠지만요.

누구보다
불행할 수 있는 조건

~~~~~~~~~

이 몸이 말입니다, 수십 명이 달려들어 만든 걸작품입니다.
아주 비싼 작품이지요.

___채규철

이 말은 가평군 두밀리 자연학교 교장이었던 고 채규철 선생이
하신 말씀이에요. 그분은 가난한 이웃을 위한 최초의 민간 의료보
험 조합인 '청십자의료보험 조합'을 만들었고, '사랑의장기기증본
부' 설립에도 참여했죠. 아이들을 사랑했던 그의 별명은 'ET 할아
버지'였습니다.

별명에는 가슴 아픈 사연이 담겨 있어요. 1968년 10월 30일 교
통사고가 일어납니다. 고꾸라져 뒤집힌 자동차에서 일어난 불. 고

아원을 칠하려고 차 안에 실었던 페인트와 시너 두 통이 그의 온몸으로 흘러 내렸어요.

그는 무려 스물일곱 번이나 고통스러운 수술을 받아야 했어요. 귀와 한쪽 눈을 잃었습니다. 입과 손은 화마로 들러붙어버렸죠. 울수조차 없었습니다. 화마가 눈물샘마저 태워버렸으니까요.

불행은 여기서 멈추지 않았어요. 그를 정성으로 간호하던 아내가 폐결핵으로 세상을 떠났어요. 긍정적인 그였지만 살고 싶지 않았습니다. 언제부터인가 그는 차분히 수면제를 모았습니다. 하지만 남겨질 어린 자식들을 바라보며 마음을 고쳐먹어요. 다시 한번 살아보겠다고요.

항상 아이들을 사랑했던 그는 1986년에 경기도 가평에 '두밀리자연학교'를 열어 대안 생태 학교를 시작합니다. 공부와 입시에 지친 아이들에게 별과 바람과 흙의 소중함을 보여주고 싶었다고 해요. 누구보다도 불행할 수 있는 조건을 가졌던 그였지만, 자신의 불행을 타인의 행복을 위해 선물합니다. 그곳을 거쳐간 많은 어린이들이 채규철 선생을 ET 할아버지라 부르며 따랐어요. 그는 2006년 어느 날, 두밀리자연학교의 교장을 마지막으로 아이들의 곁을 떠납니다.

『내가 정말 알아야 할 모든 것은 유치원에서 배웠다』라는 책을 읽은 적이 있어요. 인생의 가장 중요한 가치는 어린 시절에 배운다는 말에 공감합니다. 채규철 선생을 알게 된 것도 어린이를 위한 위인전에서였어요.

그가 말해요. 우리가 사는 데 두 개의 'F'가 필요하다고요. 하나는 'Forget(잊어버려라)'이고 다른 하나는 'Forgive(용서해라)'라고.

그는 사고 후 고통을 잊지 않았다면 자신은 지금처럼 살지 못했을 거라고 말해요. 이미 지나간 일은 누구를 탓할 일이 아니라고요. 잊고 비워내야 그 자리에 새것을 채우고, 내가 용서해야 나도 용서받는다고 말합니다.

우리는 무수히 많은 가정법 안에 살아요. 그리고 가정법의 많은 결론은 '그때, 내가 잘못했기 때문에'로 되돌아가죠. '그때, 내가 조금 더 기다려줬더라면', '그때, 내가 그 차를 타지 않았다면', '그때, 내가 아이에게 그곳에 가지 말라고 했다면'이라고 속삭이며 자신을 괴롭혀요.

이제 내가 나를 용서해야 합니다. 그래야 우리는 삶으로부터 용서받을 수 있어요.

오래전 퇴근길, 지하철에서 현기증이 몰려와 앞으로 고꾸라진 일이 있어요. 마감 때문에 야근이 계속되던 날이었습니다. 갑자기 눈앞이 하얘지며 아무것도 보이지 않았어요. 놀랍게도 그때 저를 붙잡아 부축하고 손수건으로 이마의 땀을 닦아준 이는 흰머리가 성성한 나이 든 여자분이었습니다. 한 번도 본 적 없는 낯선 그분 덕분에 저는 큰 화를 모면할 수 있었어요.

이름을 알지 못하는 그분을 가끔 생각합니다. 큰 위험에 처해 있을 때 나를 도울 수 있는 건 가장 사랑하는 가족이나 친구가 아닌, 그 순간 내 옆에 우연히 있게 된 타인일 수 있다는 생각이 미치자, 우리 모두가 연결되어 있다는 걸 느낄 수 있었어요. 그것이 이 세계가 더 안전하고 평화로워져야 하는 이유라는 것도요.

지금 우리가 여기 온전히 존재하는 건, 채규철 선생님처럼 따뜻한 누군가의 선의 때문일지도 모릅니다.

오늘이 내 인생의 가장 어린 날입니다

여기에 머무는
여행

~~~~~~~~~~

'퇴사 학교'의 최고 인기 커리큘럼 중 하나가 '사표 쓰고 세계 일주 여행기 내는 법'이라는 얘기를 들었습니다. 내가 어떤 사람인지, 정말로 하고 싶은 게 무엇인지를 찾고 싶은 사람들의 마음이 여행에 가닿은 이유겠죠. 저 역시 관계에 지쳐 있던 때, 멀리 떠나 진짜 나를 찾고 싶었던 적이 한두 번이 아니니까요.

우치다 타츠루의 『하류지향』에서 "자신에 대해 알고 싶다면 여행 따위 떠나지 마라"라는 문장을 발견했을 때, 한 대 얻어맞은 기분이었어요. 솔직히 들켰다, 라는 마음이 들었어요.

만약 자기가 어떤 사람인지 정말로 알고 싶었다면 자기를 잘 아는 사람들에게 묻는 편이 훨씬 유용한 정보를 입수할 수 있지 않을까? 굳이 외국까지 가서, 문화적 배경이 전혀 다른 곳에서, 언어도 통하지 않는 상대와 대화하고, 그 결과 자기가 어떤 사람인지를 알게 된다는 말을 나는 믿지 못하겠다. 고로 '나를 찾는 여행'의 진짜 목적은 '만남'에 있지 않고, 오히려 나에 대한 지금까지의 외부 평가를 재설정하는 데 있다고 본다.

___우치다 타츠루, 「하류지향」

그의 말에 100퍼센트 동의하지는 않습니다. 여행이 쓸모없는 건 아니기 때문이죠. 가령 여행은 소설의 '인칭'이 바뀌는 것과 같은 효과가 있습니다.

소설이 (이루 말할 수 없이 꼬여서) 안 풀릴 때, 저는 간혹 1인칭 시점을 3인칭으로 바꿔 쓰는 모험을 감행해요. 모든 문장을 토씨 하나까지 전부 고쳐야 하기 때문에 상상하기도 싫을 만큼 힘든 일이지만 놀라운 효과가 있거든요. 시점이 바뀌면 그전에는 결코 보이지 않던 소설의 사각지대가 보이니까요.

여행은 조금 더 높은 곳에 올라가 나무 대신 숲을 바라보게 하는 효과가 있습니다. 너무 가까이 있어서 윤곽을 알 수 없었던 바로 '그것'의 정체를 보게 하는 거죠.

'진짜 나를 찾고 싶다'라는 마음속에는 다른 사람에게 사랑받고 싶고, 더 존중받고 싶다는 비밀스런 욕구가 숨어 있어요. 그것이 '자아를 찾는 여행'의 형태로 드러나는 것이고요. 하지만 나에 대해 알고 싶다면, 어쩌면 떠나는 게 아니라 머물러야 할지도 모릅니다.

　나무 한 그루는 숲의 구조와 주변의 맥락 안에서만 온전히 설명될 수 있어요. 바다를 낀 소나무 숲과 고층 건물 사이 은행나무 가로수가 같을 수는 없으니까요. 진짜 나를 알기 위해서는 내가 가진 관계의 구조부터 짚어봐야 합니다.

　우치다 타츠루의 말처럼 낯선 곳의 외국인과 대화하기보다 어쩌면 나를 아는 친구나 동료, (특히) 부모님을 찾아가는 쪽이 (정말 괴롭겠지만) 현명할지 모릅니다. 하지만 그럼에도 불구하고 나를 알기 위해 반드시 떠나야겠다고 결심한 사람들에게 지도처럼 주고 싶은 얘기가 있습니다.

　떠나는 행위 자체보다 더 중요한 건 다시 '돌아오는 것'이라는 걸요.

　우리의 현실은 잠깐의 여행이 아닌 매일의 일상에 있으니까요.

얼룩 같은 어제를 지우고,
주름진 내일을 다려요

서울의 달동네, 담과 담이 붙어 있는 그곳에 서울살이 5년 차인 스물일곱 살 강원도 아가씨 나영과 러시아 문학을 전공한 몽골 노동자 솔롱고가 등장합니다. 애인과 밤낮으로 싸우면서 온 동네를 시끄럽게 하는 희정 엄마와, "반말하지 마세요, 욕하지 마세요, 못된 말 하지 마세요!"라고 당당히 주장하는 솔롱고의 친구인 필리핀 청년 마이클도 나오죠.

고향을 떠나 이국의 타지에서 살아가는 사람들, 지지고 볶고 싸우고 화해하는 우리 이웃들. 뮤지컬 〈빨래〉는 보통 사람들의 일상을 닮아 있습니다.

〈빨래〉에서 저는 고단한 그들이 빨래를 하며 노래하는 장면을 좋아해요.

난 빨래를 하면서 얼룩 같은 어제를 지우고,

먼지 같은 오늘을 털어내고,

주름진 내일을 다려요.

잘 다려진 내일을 걸치고 오늘을 살아요.

___「빨래」, 뮤지컬 〈빨래〉

유독 '얼룩'이라는 말이 마음에 와 닿아요. 우리는 살아가면서 의도하든 의도하지 않든 이런저런 얼룩들 속에서 살아가니까요. 그것은 눈물처럼 누군가에게 입은 마음의 상처일 수도 있고, 얼굴과 몸의 주름들처럼 시간이 내게 준 얼룩일 수도 있어요.

빨래가 바람에 제 몸을 맡기는 것처럼

인생도 바람에 맡기는 거야.

시간이 흘러 흘러 빨래가 마르는 것처럼

슬픈 네 눈물도 마를 거야.

자, 힘을 내!

슬픔도 억울함도 같이 녹여서 빠는 거야.

손으로 문지르고 발로 밟다 보면 힘이 생기지.

깨끗해지고 잘 말라 기분 좋은 나를 걸치고

하고 싶은 말 다시 한번 하는 거야.

___「슬플 땐 빨래를 해」, 뮤지컬 〈빨래〉

무엇보다 살다가 얼룩이 생기면 우리에게는 빨래가 있잖아요?
인생의 얼룩에는 '시간'이라는 빨랫비누도 있고요!

나 보란 듯
살자

~~~~~~~~~~~~~~~~

댄 애리얼리의 책『상식 밖의 경제학』을 읽다가 흥미로운 에피소드를 읽었어요. 만약 이성을 만나기 위해 특정 모임에 참석한다면, 이때 자신보다 살짝 외모가 떨어지는 지인과 함께 파티장에 등장하라는 말이었어요. 나보다 덜 매력적인 사람이 '미끼 효과'를 일으켜 내 매력을 더 돋보이게 할 테고, 마음에 드는 사람과 데이트할 확률이 높아질 것이라는 조언이었습니다.

모든 것이 상대적이라는 것, 이것이 핵심이다. 야간에 비행기를 착륙시켜야 하는 조종사처럼 우리도 선택이라는 랜딩기어를 바른 위치에 내려놓기 위해서는 활주로 양옆에 유도등이 켜져 있어야 하는 것이다.

___댄 애리얼리, 『상식 밖의 경제학』

대부분의 사람들은 자신이 원하는 것을 정확히 집어 말하지 못합니다. 그러다 어떤 상황에 부딪혔을 때, 비로소 자신이 원하는 것을 알게 되죠.

꿈에 대해 구체적인 생각이 없다가 선배가 원하던 빅데이터 회사 일을 하는 걸 보고 미래를 결정하거나, 친구 집에 갔다가 우연히 현관에 세워진 자전거를 보고 자신이 사고 싶었던 자전거 종류를 구체적으로 알게 되는 식인 겁니다.

우리가 살면서 끊임없이 '엄친아', 즉 엄마 친구 아들과 비교당했던 것도 같은 맥락이에요.

우리는 위인이나 연예인이 아니라 흔히 옆집 언니, 교회 친구, 사촌들과 나를 끊임없이 비교합니다. 인간에게는 비슷해서 비교하기 쉬운 것만 비교하려 드는 성향이 있기 때문에 그래요. 생각해보면 '남 보란 듯이'라는 말이 자주 쓰이는 이유 역시 그럴 테죠.

자존감을 확인하는 방법이 한 가지만 있는 건 아닙니다. 타인과의 비교를 통해 내 위치를 확인하고 상승시키고자 하는 마음이 있는 반면, 자신의 내적 기준에 따라 스스로 만족감을 찾는 방법도 있으니까요.

요즘 들어 행복해지기 위해 뇌를 의식적으로라도 내게 돌릴 필요가 있다는 걸 깨달아요. 신조어라도 하나 만들어야겠네요.

'남보란 듯이 말고, 나 보란 듯 (쫌) 살자!'

이제야
보이는 것들

～～～～～～～～

여행 작가 오소희의 책 『바람이 우리를 데려다주겠지』를 읽다가 많이 놀랐습니다. 세 살 된 아이와 여행을? 그것도 멀고 먼 터키를 여행하는 것이 정말 가능할까. 하지만 곧 중요한 사실을 깨달았어요. '불가능한 것'과 '굉장히 어려운 것'은 다르다는 것, 1미터가 채 안 되는 세 살 아이의 눈으로 바라보는 세상과 1미터 60센티쯤 되는 어른이 바라보는 세상이 많이 다르다는 것을 말이죠.

아이는 엄마가 보고 싶어 했던 옛날 술탄의 삶에는 조금도 관심이 없어요. 구석에 핀 들꽃 역시 엄마의 관심을 끌지 못하죠. 아이의 보폭은 좁아서 엄마는 자주 걸음을 멈춰야 했어요. 하지만 그렇게 아이 때문에 멈춰 선 곳에서 엄마는 이전에는 보지 못했던 것을 봅니다.

가난한 소년이 호숫가에 띄운 녹슨 양철 배, 아이가 서슴없이 친구 삼아 노는 가난한 아이의 슬리퍼에 뚫린 구멍, 흙을 물어 무너진 집을 복원하는 개미들의 눈물겨운 노력 같은 것을요.

그것들은 모두 너무나 작고, 조용하고, 낡아가는 것들이었습니다.

> 너도 다 아는구나. 아니, 너는 엄마보다 더 잘 아는구나. 엄마가 파리를 더럽고 귀찮게 여길 때, 너는 그것들에게서 공존의 기쁨을 보지. 새와 나무가 있는 곳엔 파리도 있어야 하고, 북슬북슬한 개가 있는 곳엔 개벼룩도 있어야 하지. 그런데 엄마는 자꾸 좋은 것만 보려고 하는구나. 편한 것만 찾으려 하는구나. 너는 어떻게 이 모든 존재의 비밀을 알아내었니?
>
> ___오소희, 「바람이 우리를 데려다주겠지」

저 역시 어린 조카와 집 근처 한강을 탐험하곤 했어요. 하지만 아이가 자주 멈춰 서고, 흙을 만지거나 비둘기를 쫓아다니는 바람에 아이의 손과 얼굴을 닦느라 물티슈를 들고 뛰어야 했죠. 보폭이 느린 조카는 힘이 들면 안아달라고 칭얼대는 대신 땅바닥에 털썩 주저앉아 풀을 뜯고 개미와 장난을 쳤습니다. 그러면 저도 함께 주저앉았어요. 그때 본 한강이 달라 보였던 건, 주저앉은 아이의 눈

높이에 맞춰진 제 눈이 이전과 다른 깊이와 높이를 봤기 때문이었 겠죠.

낮아져야 비로소 보이는 세상에 대해 알게 됐습니다. 전에는 볼 수 없었던 세계였어요.

그것은 어릴 때의 내가, 어른이 된 나에게 건네는 시간의 선물이 었습니다.

모든 순간이
꽃봉오리

～～～～～

1999년 12월의 31일, 새 천년이 열린다는 기대 때문에 사람들이
유달리 들떠 있었습니다. 힘차게 떠오르는 해를 보기 위해 동해로
가고 싶었어요. 지는 해를 보기 위해 서해로 가야 한다고 주장한 친
구 덕분에 엉뚱한 곳에 가긴 했지만요. 결국 우리는 뜻밖의 장소를
발견했습니다. 일출과 일몰을 모두 볼 수 있는 충남 당진의 한 작은
마을이었죠.

왜목마을.

이름도 예쁜 그곳에 가기 위해 서둘렀건만 각지에서 온 차가 너
무 많았어요. 결국 바닷가에 당도하지 못한 채 차에서 밤을 맞았어
요. 새해 첫날에는 피곤한 탓인지 늦잠을 자는 바람에 일출은 보지
못했습니다. 새천년 첫날부터 우울했던 우리는 서울로 돌아와 신

사동의 한 극장에서 〈박하사탕〉을 봤는데, 2000년 1월 1일 개봉한 그 영화는 예상과 다르게 자꾸만 과거로 회귀하는 영화였어요.

되는 일이 하나도 없던 시절이었습니다. 열심히 했는데 대학에도, 취업에도, 신춘문예에도 자꾸 실패하기만 했으니까요. 자꾸만 떨어지다 보니, 나는 뭘 해도 안 되는 사람인가, 하는 의문이 끝없이 저를 괴롭혔습니다. 그래서였을 거예요. 밀레니엄이 열리면 새 인생이 펼쳐질 거라는 기대가 유독 컸던 이유. 하지만 영화 속 주인공은 철길 한복판에 서서 "나 다시 돌아갈래!"라고 울부짖었어요. 돌아가고 싶은 과거가 없는 저는 멍해졌죠. 새해부터 꼬여버린 계획 때문인지 그 후로 저의 백수 생활은 오래 지속됐습니다.

전에는 새로운 계획을 세우기에는 새해, 새봄, 새 학기가 제격이라고 생각했어요. 하지만 언젠가부터 거창한 새해 계획은 세우지 않게 됐어요. 시작에 대한 열망이 사라진 건 아니에요. 다만 시간에 대한 관념이 달라진 거죠.

이제는 하나의 행위를 할 때, 그것이 미래에 가져올 결과보다는 행위 자체에 더 집중하려 노력해요. 오늘 당장 한 장의 원고를 쓰겠다는 결심이, 노벨상을 받겠다는 원대한 꿈보다 중요합니다. 오늘 할 수 있는 일을 하며 꼼꼼히 살고, 인생은 흘러가는 대로 놔두자, 이런 마음이 되었다고 할까요.

오늘이 내 인생의 가장 어린 날입니다

시인 정현종의 말처럼 모든 순간이 "다아 꽃봉오리"입니다. "내 열심에 따라 피어날 꽃봉오리" 말이죠. 남도에 꽃이 피기 시작했다는 기사를 읽었습니다. 봄의 시작이네요.

그렇게 삶은
계속된다

~~~~~~~~~~

영화 〈캐스트 어웨이〉의 주인공 척 놀랜드, 그는 해외를 돌아다니며 어떻게 하면 가장 빠른 시간에 정확하게 고객에게 물건을 배송할 수 있을지 고민하는 국제 배송 업체 간부입니다. 늘 시간에 쫓겨 사는 그에게는 사랑하는 여자 친구 켈리가 있었어요. 하지만 막상 그들이 함께할 시간은 많지 않았어요. 척이 늘 일에 쫓기기 때문이었죠. 연인에게 사진이 담긴 회중시계를 선물받은 그는 연말을 기약하며 그녀와 헤어집니다.

배송할 물건을 가득 실은 비행기가 바다에 추락한 건 그로부터 몇 시간 후예요. 기내는 아수라장이 되고, 그가 눈떴을 때 주위에는 높은 암벽과 야자수만 가득했습니다.

늘 시간에 쫓겨 살던 척에게 남은 것은 오로지 시간뿐. 현대판

오늘이 내 인생의 가장 어린 날입니다

로빈슨 크루소가 된 남자는 야자열매와 물고기만 먹으며 어떻게 견뎌냈을까요. 그가 섬에서 생존한 시간은 무려 4년이었습니다.

어느 날 파도에 밀려온 알루미늄 판자는 그에게 뗏목을 만들 희망을 심어줘요. 탈출할 뗏목을 만들며 그가 말하죠.

> "우리는 시간에 살고 시간에 죽어. 시간을 얕보는 건 큰 죄악이야."

4년이라는 시간은 많은 걸 바꾸어놓습니다. 탈출 과정 중 동고동락해온 배구공 윌슨을 떠나보내며 주인공이 울부짖는 장면은 아직도 가슴에 선해요. 하지만 가까스로 구조되어 다시 돌아온 세상은 그가 무인도에서 꿈꾸던 세상이 아니었어요. 꿈에서도 보고싶어 했던 여자 친구 켈리는 이미 다른 남자의 아내가 되어 있었습니다.

> "살아남기 위해 난 끝까지 버텼어. 그러던 어느 날 파도가밀려왔고 바람이 뗏목을 밀어줬어. 난 계속 살아갈 거야. 파도에 또 뭐가 실려 올지 모르니까."

생은 아이러니하죠. 그의 비행기를 추락시킨 것도 거센 바람이고, 다시 그의 빈약한 뗏목을 밀어준 것도 바람이니까요. 그를 무인 도에 표류시킨 거친 파도는 다시 뗏목의 재료를 그의 발밑까지 밀 어줍니다.

희망이라는 말은 꼭 희망 속에만 있지 않습니다.
절대 절명의 순간, 어둠 속에서도 우리는 그걸 기억해야 해요.
바람이 불고 나무가 흔들려도, 삶은 계속될 테니까요.

오늘이 내 인생의 가장 어린 날입니다

나는 사랑에 대해 아무것도 모른다는 것을 안다

- 김소연, 『마음사전』, 마음산책, 2008
- 이승우, 『사랑의 생애』, 위즈덤하우스, 2017
- 로빈 노우드, 『너무 사랑하는 여자들』, 북로드, 2011
- 정이현, 『사랑의 기초: 연인들』, 문학동네, 2013
- 미하엘 나스트, 『혼자가 더 편한 사람들의 사랑법』, 북하우스, 2016

나에겐 내가 있지만 너를 기다려

- 안희경, 『여기 아티스트가 있다』, 아트북스, 2014
- 이병률, 『바람이 분다 당신이 좋다』, 「묻고 싶은 게 많아서」, 달, 2012
- 박준, 『운다고 달라지는 일은 아무것도 없겠지만』, 난다, 2017
- 심보선, 『눈앞에 없는 사람』, 「'나'라는 말」, 문학과지성사, 2011
- 톤 텔레헨, 『고슴도치의 소원』, 아르테, 2017
- 조은, 『또또』, 로도스, 2013

- 질 비알로스키, 『너의 그림자를 읽다』, 북폴리오, 2012
- 종현, 『산하엽』, SM 엔터테인먼트, 2015
- 이명현, 『이명현의 별 헤는 밤』, 동아시아, 2014

내 영혼아, 조용히 앉아 있자

〰〰〰〰〰〰〰〰〰〰〰〰〰〰〰〰〰〰〰〰

- 한강, 『가만가만 부르는 노래』, 비채, 2007
- 데이비드 리코, 『나는 왜 이 사랑을 하는가』, 위고, 2014
- 김병수, 『감정의 온도』, 레드박스, 2017
- 수전 데이비드, 『감정이라는 무기』, 북하우스, 2017
- 수재나 E. 플로레스, 『페이스북 심리학』, 책세상, 2015
- 제임스 도티, 『닥터 도티의 삶을 바꾸는 마술가게』, 판미동, 2016

지구인에게는 지구력이 필요합니다

〰〰〰〰〰〰〰〰〰〰〰〰〰〰〰〰〰〰〰〰

- 박민규, 『삼미 슈퍼스타즈의 마지막 팬클럽』, 한겨레출판, 2017
- 데이비드 즈와이그, 『인비저블』, 민음인, 2015
- 메이슨 커리, 『리추얼』, 책읽는수요일, 2014
- 나심 니콜라스 탈레브, 『행운에 속지 마라』, 중앙북스, 2016
- 리베카 솔닛, 『걷기의 인문학』, 반비, 2017
- 곽세라, 『앉는 법, 서는 법, 걷는 법』, 쌤앤파커스, 2017

- 줌파 라히리, 『이 작은 책은 언제나 나보다 크다』, 마음산책, 2015

마음을 다해 대충 산다는 것

~~~~~~~~~~~~~~~~~~~~~~~~~~~~~~~~~~~~~

- 안자이 미즈마루, 『안자이 미즈마루: 마음을 다해 대충 그린 그림』, 씨네21북스, 2015
- 어니 젤린스키, 『모르고 사는 즐거움』, 알에이치코리아(RHK), 1997
- 켈리 맥고니걸, 『스트레스의 힘』, 21세기북스, 2015
- 팀 페리스, 『타이탄의 도구들』, 토네이도, 2017
- 도미니크 로로, 『심플하게 산다』, 바다출판사, 2012
- 피코 아이어, 『여행하지 않을 자유』, 문학동네, 2017

오늘이 내 인생의 가장 어린 날입니다

~~~~~~~~~~~~~~~~~~~~~~~~~~~~~~~~~~~~~

- 비스와바 쉼보르스카, 『끝과 시작』, 「두 번은 없다」, 문학과지성사, 2016
- 다니엘 페나크, 『몸의 일기』, 문학과지성사, 2015
- 우치다 타츠루, 『하류지향』, 민들레, 2013
- 댄 애리얼리, 『상식 밖의 경제학』, 청림출판, 2018
- 오소희, 『바람이 우리를 데려다주겠지』, 북하우스, 2009
- 정현종, 『정현종 시전집』, 「모든 순간이 꽃봉오리인 것을」, 문학과지성사, 1999

Special Thanks To

—

조순미, 남태정, 윤성환, 강혜정
언제나 '나' 아닌 '우리' 함께였던
'라디오 디톡스' 가족들.
그리고
'다시는' 속에 있는 '언제나'를
알려준 H에게.

그냥 흘러넘쳐도 좋아요

1판 1쇄 발행 2018년 10월 17일
1판 6쇄 발행 2023년 2월 1일

지은이 백영옥
펴낸이 김영곤
펴낸곳 아르테

아르테출판사업본부 문학팀 김지연 임정우 원보람
출판마케팅영업본부 본부장 민안기
마케팅2팀 나은경 정유진 박보미 백다희
출판영업팀 최명열 김다운
제작팀 이영민 권경민

출판등록 2000년 5월 6일 제406-2003-061호
주소 (10881) 경기도 파주시 회동길 201 (문발동)
대표전화 031-955-2100 **팩스** 031-955-2151   **이메일** book21@book21.co.kr

아르테는 (주)북이십일의 문학 브랜드입니다.

ISBN 978-89-509-7785-6 03810